文化組織

第十七號

文化組織・五月號

作家論特輯

人類の主張

われ〳〵にはまだ主張すべきことが殘つてゐるかどうか？　それからしてが疑問だ。

ほんとうの主張といふものは、決して主張されることのないものなのだ。人が主張するといふことは、主張すべき何ものをも持ち合はせてゐないことの證據なのだ。

多分、地上でもつとも不思議なことがらの一つは、人間が主張するといふことのそれである。これはミステイシズムの領域に屬する。その神秘主義に對して、動物は怖れ、子供は泣く。それほどでもないが、すべての親父は、すべての亭主は、すべての書物を讀んだ連中は、主張すべきなにものをも持ち合はせてゐないといふ理由によつて、主張する。主張は財産であり、大黒柱であり、計量される事の出來ないものであり、實證される機會を持たなければ持たないだけ高價なものとされる。

人間は、道德を持たなくてはいけない！

人間は、道德なぞを持つてゐてはいけない！

自然に還れ！
神を信じなくてはいけない！
神なぞを信じてはならない！
御飯を二人前喰つてはいけない！
御飯は半人前喰ふべきだ！
犧牲の精神を讃美せよ！
お前が第一の犧牲者だ！
不幸が幸福なのだ！
幸福が不幸なのだ！
未來だ！
未來なんぞはない！
後悔しろ！
單純化だ！
アミバーだ！
論理だ！

非論理だ！

あらゆる種類の主張にもかゝはらず、また人は、主張に仕へる大衆のなかでの一細胞に過ぎない時代を經驗するにもかゝはらず、いまだ曾て人類の主張が主張されたことはない。人類の主張が、社會の歴史を決定し、個人の運命を司るにもかゝはらず、それは人の口によつて代辯されたためしがない。そこに客觀的世界がある。人間のゐない人間の世界がある。われわれは、われわれの主張によつて、その客觀的世界から遮ぎられてゐる。われわれは、人間の眞の姿を知ることが出來ない。物質の、物質作用を遮斷する魔法壜の空間のやうなものが、われわれを無智《イグノラント》にする。不可能《インポシブル》！

可能《ポツシブル》、不可能《インポシブル》、人生は賭博であり、それは憎愛の對象としてのみ、憎愛の極限に於ける「虚無」としてのみ、魔法壜の空間の内側にある人類の主張に觸れさせる。だが、それは個人に於ける繰返しに過ぎないが故に、死の經驗のごとく、いつまでたつても、否定の經驗であり、マイナスの經驗である。同時同存の全體は否定の經驗によつて、不可知の彼岸に押しやられる。それは、それこそが龜裂だ。なんといふ非神秘に於ける神秘の世界であらう！　二つの頭と二つの尻尾とを持つてゐる動物が怪奇であるよりも、一つの頭と二つの足とを持つてゐる人間の方が、如何に怪奇なことであらう！　彼等が名づける精神文化！　だがその文化は、低いほど、口腹の慾と結びつけられてゐるほど、味ひもあれば、永續きもする。何よりも人眞似をしないことであり、人の主張に耳を傾けないことである。

かくして、われわれは、われわれの主張に於けるわれわれの無價値を知る。われわれは、われわれの望むものが少しも與へられてゐない狀態に於てさへ、もはや何を主張すべきかを知らない。蜜柑を望むものは、蜜柑を望み、豆腐を望むものは、豆腐を望むといふ簡單な主張でさへ、もはやわれわれを客觀的世界から遠ざけ、われわれを無智にする。あの無限に連がる人類の歪曲の、どの部分に對して適切な發言をしてゐるのかさへ知らない。もともと、すべてが主張にはじまつたことなのであり、混亂への適應は、肉體をして自然の恩惠から獨立させることである。かくの如き狀態は、意識するよりも、忘却するに越したことはない。死の暖きまどろみに於ては、社會といふ言葉は不吉であり、その靈感をこそ讃美しなければならない。

われわれにまだ主張すべきことが殘つてゐるとするなら、それはもはや何事をも決して主張しないといふことに懸つてゐなければならない。人類の主張は、いまだかつて主張されたことのない、客觀的世界の大きな口のなかから、同口同音に涌き出して來なければならない。その口をして自由ならしめるために、われわれは、區々たる主張の雜音が、杜絶えてゆくすべての狀態を、まことに創造の神の遠謀神慮あるところとして迎へるべきであらう。もはや個人的なることは許されない。蜜柑を豆腐と間違へたり、豆腐を蜜柑と間違へたりすることのなかに、一切の猜疑心が宿つてゐる。猜疑心に手數料を拂ふのは無駄である。むしろ、蜜柑も豆腐もなくなしてしまうに如かず。われわれは、生死の境を彷徨しながら、次第に主張のない世界の彼方にある「人類の主張」を慶するやうになる。そこでは、鷄は卵を生み、雲雀は麥畑に巣喰ひ、「自分」といふ中間の生物は、かならず「自分」を知るまで生長してやまないであらう。盲腸がなくなるよりも先に、食物がなくなるやうな文化の發展の仕方こそ、まことに「自分」と稱するものの「自分」を知るための中間作用である。鐵と油にかけても、わかることはわかるやうになり、わからんことはわからんやうにならなくてはならない。

そのとき、わたしが言つたんじやないと辯疏しても間に合はない。嵐は、向ふ側から、千倍、萬倍になつて戻つてくる。吹きまくる。悲劇が、まつたく美しく、無敵になるのは、すべての舌と、舌を操縱する仕掛とを、胴體から斬つて落したときである。誰も「人類の主張」がなんであるかを知りはしない。それはもはや、かつての個人の關與するところのものではなく、人間のゐない世界の人間の意志によるところのものである。單なる人は、これを歷史と呼び、從順にして、言ふべきところを知らないもののみが、夢みる如く、歌ふ如く、物語の首座に着く。――然り、すべては物語となり、希望となり、肯定となる。人は物を造るが如くに、人を造り、自ら造形化して、「自分」を見る。

われわれは、われわれの前に下つてゐる幕を見てゐるだけなのである。われわれは、われわれの過渡期の壯嚴華麗なるに、かならずや驚倒するであらう。われわれは、われわれの主張の貧困さによつて惑はされ、われわれ自身を貧困にしてゐるのである。だが、われわれは入場劵を持つてゐる！（中野秀人）

杜甫序說

岡本潤

杜甫について書かうと思ひ立つたのは十年から前のことである。しかし、それはたゞさう思ひ立つただけのことで、その間、僕は杜甫を師表としてゐたわけでもなく、彼がしよつちう僕の心を占めてゐたわけでもない。時々は思ひ出したやうに「杜詩」を引つぱり出して、手あたり次第に讀んでみることはあつたが、詩史といはれてゐる彼の詩を詩史的系統的に讀んだことなど一ぺんもない。だから千篇以上もあるといふ彼の詩のうちで僕の讀んだものなど、數からいへば寥々たるものである。その代り、好きな詩はおそらく何十回も讀んでゐるだらうが、要するに僕は杜甫の研究的な讀者ではなく一介のわがまゝな讀者であるに過ぎない。いま僕は此の機會に――といふのは「文化組織」の作家論特輯だが――杜甫について書かういふ思ひ立ちを新たにし、それを一つの課題として自分に强ひたわけだが、さうして遂にペンを持つてみたのだが、さてこれから何を書くつもりかはすこしも明瞭でない。おそらくこれは支離滅裂な感想手記にをはるだらうとまづ豫想されるのである。

「丁度人が本を讀んでゐる時、半ばは無意識に、鉛筆の赴く儘に本の餘白に木の枝や人間の繪を落書するやうに、私はこれ等の、エドガア・ドガの作品を中心にして、精神がそのまはりをさまよふまゝに書いて行くことにする」と、ヴァレリィは「ドガに就て」の冒頭に書いてゐる。これは如何にも文化的に餘裕綽々とした悧巧なやり方だが、僕にはヴァレリィのやうな、文化人的餘裕をもつ、かしこい眞似はできさうもない。第一、ヴァレリィがドガを知つてゐるやうに、僕は杜甫を知らない。遺憾ながら、彼は今から千百年以上も昔に死んだ支那の詩人なのだ。

★

由來、杜甫は「詩聖」と呼ばれてゐる。何と呼ぶのも後人の勝手だが「詩聖」といふやうな呼稱は、ありのまゝの杜甫には決してふさはしくないと、僕は僕なりに感じてゐる。詩聖ゲーテ、詩聖ダンテなどとはおそろしく遠い感じだ。僕はむしろ杜甫のなかに、詩におけるゲーテ的なもの、詩聖的なものの反對物を多量に感じてゐる。日本でいへば鴫外的な知足・圓光型の反對の系列に入る詩人である。こゝで僕は透谷や二葉亭や啄木などを思ひ浮かべてゐるわけだが、ゲーテに對蹠するものとしてはシルレルもその系列に入るだらう。李白と杜甫、ゲーテとシルレル、彼等はよく兩星の如く竝び稱されるが、兩者の藝術の性格は二つの異質物であり、對蹠物であり、その間の距離はちやうど地球の反對側にあるほど遠いのである。それでゐて彼等同士は友人であつた。彼等の友人づきあひを考へると、杜甫やシルレルの熱情的に打ち込む傾向に對して、李白やゲーテは輕くあしらつてゐる感じである。いはば李白やゲーテの方が成人《おとな》なんだらうが、必ずしも成人が青年より優秀であるとは限らない。兩者の相違の基本的なものは生活のなかに横はつてゐるのだ。形而下的な衣食住の問題は、藝術の性格を決定するうへで文學常識が考へる以上に深く大きいのである。

「感じ易い性質と自尊心と虚弱な身體と孤獨な生活と貧困、これがシルレルの才能と結びついてゐたものであつた。永い間の懸命な努力の末、彼は漸く太陽の光に觸れることが出來る。だが、その幸福の高さからやがてまた馴染深い窮乏と疾病の底へ突き落されてしまふ。それをシルレルは幾度繰返したことであらうか」と清水幾太郎がシルレルについて書いてゐるが、これはそのまゝ杜甫にもあてはまりさうである。尤も窮乏の程度はシルレルよりも遙かに深かつたに違ひない。

夜は深し彭衙道
月は照らす白水山
室盡きて久しく徒走し
人に逢うて厚顏多し
參差《しんし》として谷鳥吟ず
遊子の還るを見ず
痴女飢ゑて我を咬む
啼いては猛虎の聞くを畏る
懷中に其の口を掩へば
反側して聲 愈《いよくいか》 嗔る
小兒強ひて事を解し
故《ことさ》らに苦李を索《もと》めて餐《くら》ふ

（彭衙行）

老妻既に異縣
十口風雪に隔てらる
誰か能く久しく顧みざらん
庶はくは往いて飢渴を共にせん
門に入れば號咷《かうたう》するを聞く
幼子飢ゑて已に卒す
吾れ寧《なん》ぞ一哀を捨てんや

里巷も猶ほ嗚咽す
愧づる所は人の父と爲《な》り
食無くして夭折《えうせつ》を致すことを

（**自赴京奉先縣詠懷五百字**）

窮乏もこゝまでくれば言語に絕してゐる。「淚に濡れたパンを食**つ**たことのないものは共に語るに足らず」とゲーテはいつたさうだが、窮乏のために子供を餓死させた父親の耳に、樞密院顧問官のこんな感傷的な白《せりふ》がどうひびくだらう。ゲーテにおいて窮乏は所詮、對岸の火事を見る趣味的心理であり、杜甫においては精神と肉體を噛み砕いて鬼氣を生ぜしめるていのものである。

朱門酒肉臭《くさ》れども
路に凍死の骨あり
榮枯咫尺異なり
惆悵して再び述べ難し

（前出　**自赴奉京先縣詠懷五百字**）

杜甫の風景を詠じた詩に悲愁をおびたものの多いことは定評だが、彼の風景に對する位置は當然さうならざるを得ない。

昔聞く洞庭の水
今上る岳陽樓
吳楚　東南に拆《ひら》け
乾坤　日夜浮ぶ
親朋　一字だも無く
老病　孤舟のみ有り
戎馬　關山の北
軒に憑《よ》りて涕泗《ていし》流る

（**登岳陽樓**）

風急に天高うして猿嘯《うそぶ》き哀む
渚《なぎさ》清《きよ》く沙《すな》白くして鳥飛び廻《めぐ》る
無邊の落木　蕭蕭として下り
不盡の長江　滾滾として來る
萬里悲秋　常に客と作《な》り
百年多病　獨り臺に登る
艱難　苦《はなは》だ恨む繁霜の鬢
潦倒《らうたう》新たに停《とゞ》む濁酒の杯

（**登　高**）

こゝには林語堂がいふやうな汎神論的傾向や自然との結合はない。雄大な自然に對するものは落莫たる老窮詩人の姿であり、風景と人間とは融けあふことのない對立の位置にある。そしてこれは、李杜と竝び稱される李白と杜甫との間の大きな距離にちがひないと僕は解する。李白の詩では、人間は自然のなかに融けこんで悠揚とした大自然の風景が展開する。まるで逆のゆき方である。

故人　西のかた黃鶴樓を辭し
煙花三月　揚州に下る
孤帆の遠影　碧空に盡き

惟《たゞ》見る　長江の天際に流るゝを
（李白「黃鶴樓孟浩然之廣陵」）

李白が天馬のやうに豪快奔放な詩風を驅使したり、あるひは楊貴妃をうたつて濃艶華麗な詩句をならべるといふやうな器用自在な眞似は杜甫にはとてもできないのである。杜甫は生涯生活に苦しみ、詩を作るためになほ苦しんだ。詩を作ることが生活苦からの救ひになるといふ樣な見解は、特に杜甫のやうな詩人の場合、アマチュアや俗流の迷信に過ぎない。彼が詩を驅使したのではない、詩といふえたいの知れないものが彼を引きずりまはしたのだ。詩は生活苦からの救ひどころではなく、それに拍車をかけるものである。

「白根山一帶を蔽うて湧き立つ入道雲の群れは、動くともなく、こちらを脲しるやうに寄せ來つゝある。そして湖面は死のやうに憂欝だ。自分の胸は弱い。そして痛む、人、境、倶不獲――なつかしき、遠い鄕里の老妻よ！　自分は今ほんたうに泣けさうな氣持だ。山も、湖水も、樹木も、白い雲も、薄綠の空も、さうだ。彼等は無關心過ぎる！」

これは葛西善藏の「湖畔手記」の一節である。こゝでも人間は自然への對立的位置におかれてゐる。窮迫したもの、追ひつめられたものが自然へ逃れようとこゝろみても、自然は決して寄せつけない。窮迫が人間に課するものは何よりもまづ形而下の欲望である。所詮そこから逃れられない限り、自然との結合などは夢である。風景に對する觀照的態度などといふものも、所詮は追ひつめられたことのない有閑人の綻ごとである。杜甫のやうな詩人は風景を觀照するのでなく、對立して凝視する。そして凝視すればするだけ、自然と人間との距離は遠くなるのである。苦惱は深まる。どんづまりからどんづまりへ。流離、轉沛。

★

「杜甫、字は子美、本《もと》襄陽の人なり、後鞏縣に徙る。曾祖依藝、位鞏の令に終り、祖審言、膳部員外郎に終る、自ら傳有り、父閑、奉天の令に終る。甫、天寶の初め、進士に應じて第せず、天寶の末、三大禮賦を獻ず、玄宗之を奇とし、召して文章を試み、京兆府兵曹參軍を授く。十五載、祿山京師を陷る、肅宗兵を靈武に徵す、甫京師より宵《よる》遁れ、河西に赴き肅宗に彭原に謁し、右拾遺に拜す。房琯布衣たりし時、甫と善し、時に琯宰相爲り、請うて自ら帥ゐて賊を討ずるの師とす、帝之を許す。是の年十月、甫の兵陳濤斜に敗れ、明年の春、琯相を罷めらる。甫上疏して言ふ、琯才有り、宜しく罷免すべからずと。肅宗怒り、琯を刺史と爲し、甫を出だして華州の司功參軍と爲す。時に關輔亂離し、穀食踊貴す。甫成州の同谷縣に寓居し、自ら負薪採稆《ふしんさいりよ》し、兒女の餓殍する者數人なり」

以上は漆山又四郎氏の譯による舊唐書列傳文苑傳の中の杜

甫傳の前半である。新唐書の杜工部傳では「甫字は子美、少《わか》きとき貧にして自ら振《すく》はず、吳越齊趙の間に客たり。李邕其の材を奇とし、先づ往いて之を見る。進士に擧ぐるに第に中らず。長安に困せり。天寶十三載、玄宗大淸宮に朝獻し、廟及び郊に饗す。甫賦三篇を奏す、帝之を奇とし、集賢院に待制たらしむ。宰相に命じて文章を試み、河西の尉に擢んづ。拜せず。改めて右衞率府胄曹參軍とす。云々」以下、大同小異である。

杜甫がやつと官途に就いたのは四十を過ぎてからである。しかも極めて微官である。それでも長年の不遇な浪人生活からやつと足を洗つたと思ふと、間もなく安祿山の亂が起り、官軍連敗、玄宗帝は蜀に蒙塵し、甫は祿山の軍に捕へられたが漸く脫出、家族とも流離して寄るべもなく各地を放浪しなければならなかつた。

長安城頭　頭の白き烏
夜　延秋門上に飛んで呼《さけ》ぶ
又人家に向つて大屋を啄む
屋底の達官走つて胡を避く
金鞭斷折し　九馬死す
骨肉待たず同じく馳驅するを
腰下の寶玦《はうけつ》　靑珊瑚
憐む可し王孫の路隅に泣くを
之を問へども肯へて姓名を道《い》はず
但《たゞ》困苦を道《い》ひ奴と爲《な》るを乞ふ
已に百日を經て荊棘に竄《かく》る
身上肌膚の完《まつた》き有る無し

（哀　王　孫）

戰哭　新鬼多し
愁吟　獨り老翁
亂雲　薄暮に低《た》れ
急雪　回風に舞ふ
瓢棄てられ樽に綠無し
爐存して火は紅《くれなゐ》に似たり
數州消息絕ゆ
愁坐して正に空に書す

（對　雪）

人口に膾炙した「國破れて山河在り、城春にして艸木深し」も當時の詩である。杜甫には憂國憂民の情を抒べた詩がたくさんあるが、それらはいづれも、單に形式的な儒教的教說の羅列や、うはずつた政治的觀念の空語ではなく、切實な生活體驗から出たものだ。彼にはゲーテや鷗外のやうな餘裕はなく、李白のやうな陶醉もなかつた。そして陶淵明のやうに武陵桃源のユートピアをゑがくにはあまりに現實的であつた。徹底的に追ひつめられ、現實を憂ひ、現實を慨しながら、現實以外に行き場がなかつた。饑餓線の彷徨、引き裂かれた愛情――それは憂國の至誠ともなり、戰禍の嘆聲ともなり、泣き笑ひともなり、慷慨の歌ともなるのである。

車轔轔《りんく》　馬蕭蕭《せうく》
行人の弓箭各腰に在り
耶孃妻子走りて相送り
塵埃に見えず咸陽橋
衣を牽き足を頓《つまた》て道を攔《さへぎ》りて哭《こく》す
哭聲は直ちに上りて雲霄を干す
道傍過ぎる者行人に問へば
行人は但《たゞ》云ふ點行頻りなりと
（略）
君見ずや漢家山東二百州
千村萬落　荊杞をを生ずるを
縱《たと》ひ健婦の耕犂を把る有るも
禾《くわ》　隴畝に生じて東西無し
（略）
君見ずや靑海の頭《ほとり》
古來白骨人の收むる無し
新鬼は煩寃し舊鬼は哭す
天陰《くも》り雨溼うて聲啾啾たり
（兵　車　行）

「兵車行」は漆山氏の註によれば、玄宗帝の武を黷すを漢の武帝に託して諷刺したものである。杜甫の忠誠は、蘇東坡が「古今詩人多し、而も惟《たゞ》杜子美を以て首と爲す。豈其の飢寒流落して一飯も未だ嘗て君を忘れざるを以てするに非ずや」といつてゐるのをはじめ、後人の等しく推稱するところであるが、君王への忠誠は同時に民衆の悲慘な狀態を慨く心とひとつになつてゐる。それだけに彼は、楊貴妃による後宮の紊亂、楊國忠はじめ彼女をとりまく佞臣輩のふるまひを苦々しくおもつてゐたにちがひない。彼等の驕奢ぶりを諷した「麗人行」には、苦蟲を嚙んだ杜甫の顏がうかがはれる。特に玄宗が安祿山を信任したことに對しては、ひそかに危惧を抱いてゐたにちがひない。だが、彼は政治家ではなかつた。官吏としては落第生であつた。彼は始終いらいらしてゐた。

中國文化の極盛期に達した唐代において、性狷狂な詩人杜甫は周圍と相容れず、志を伸ばすこともできず、生活の道を失つてゐたのである。

★

杜甫は流落して各地に漂泊した。成都の鎭將嚴武は舊交によつて杜甫の面倒を見てやつてゐた。だが、杜甫は三杯目にそつと出すやうなおとなしい居候ではなかつた。舊唐書列傳は杜甫の食客ぶりを次のやうに書いてゐる。

「武、甫と世舊あり、待遇甚だ隆んなり。甫、性褊躁にして器度無し、恩を恃みて放恣なり。嘗て醉に憑りて武の牀に登り、武を瞪視して曰く、嚴挺之（武の父）乃ち此の兒有りと。武急暴なりと雖も以て忤《さから》ふことを爲さず。甫成都浣花里に於て種竹植樹し、廬を枕江に結び、酒を縦《ほしいま》まにして嘯咏し、田夫野老と相ひ狎蕩し拘檢する無し。嚴武之を過《よぎ》るに時に冠せざること有り、其の傲誕《がうたん》此の如し。云々」

僕の先輩で禪宗坊主になつたMをおもはせるやうなところがある。かういふ人間は概して本來氣の弱いヒューマニストたが、表現は逆ばりで強氣に出る。同じ食客でも、三杯目にそつと出す奴の方がほんたうは強心臟なのだらう。人情的なやつは愛情が截斷されるとやけくそになる傾向がある。杜甫の「褊躁にして器度無し」も、さういふところから來てゐたのかも知れぬ。彼の慷慨激越も、所詮は截斷されたヒューマニズムから發したものであり、儒教的ではあるが相當やけくそ氣分もまじつてゐる。しかし彼が風景を詩にするときには、多く激越なものは沈潜して欝然としたものがあらはれる。

嚴武に死なれてパトロンをなくした杜甫は、それからの生涯を病苦と漂泊と亂離のうちに送つた。次の「茅屋爲秋風所破歌」はいつ頃どこで詠んだものか知らぬが、彼の生活の惨苦をうかがふに足るものである。

八月秋高うして風怒號す
我が屋上三重の茅《ばう》を卷く
茅飛び江を度《わた》り江郊に洒《そゝ》ぐ
高きは掛罥《けいけん》す長林の梢
下《ひく》きは飄轉して塘坳《たうわう》に沈む
南村の羣童　我が老いて力無きを欺《たばか》り
忍んで能く面に對して盗賊を爲す
公然　茅を抱き竹に入り去る
脣焦《こが》れ口燥《かは》き呼ぶことを得ず
歸り來り杖に倚りて自ら嘆息す
俄頃《がけい》　風定まりて雲黑色
秋天漠漠として昏黑に向《なんな》んたり
布衾多年　冷きこと鐵の如し
嬌兒　惡《あら》く臥して裏を踏み裂く
牀牀　屋濡れて乾ける處無し
雨脚麻の如く未だ斷絶せず
喪亂を經しより睡眠少なく
長夜沾溼《せんしふ》　何に由りてか徹せん
安んぞ廣廈の千萬間なるを得て
大いに天下の寒士を庇うて倶に歡顏せしめ
風雨にも動かず安きこと山の如くならん
嗚呼何れの時か眼前に突兀此屋を見ば
吾が廬獨り破れ凍死を受くるも亦足りなん

おそらく彼は怒りつぽくて泣蟲でもあつたらう。激越と沈欝、感情の變化ははなはだしく、調節のとれないところがあつたらうと思はれる。成人《おとな》の李白などから見れば、頭の禿げてゐるくせに子供らしく、智慧の足りないところがあるやうにも思はれたらう。うまれつき立身出世型の男でなかつたことは確かである。同じ漂泊の生涯を送つても、李白には餘裕があり陶醉があつた。陶醉によつて自然とひとつになることもできた。酒をたのしみ女を愛した。李白の飲む酒は甘く、杜甫の飲む酒は苦がい。杜甫のやうな男は自然に逃れようとしても、自然の方で受けつけない。自然はつねに彼の對立物である。彼の愛情が強ければ強いだけ、彼は自然からも人間からも引き裂かれてゐる。そこから彼の號叫的な泣き笑ひも出てくる。

年を徑て茅屋に至れば
妻子の 衣《ころも》 百結なり
慟哭すれば松聲迴《はる》かに
悲泉共に幽咽《いうえつ》す
平生驕る所の兒
顏色白く雪に勝る
耶を見て面を背けて啼く
垢膩《こうじ》ありて脚に韈《たび》はかず
牀前の兩少女
綻びを補うて纔《わづ》かに膝を過ぐ
海圖　波濤を拆《ひら》き
舊繡　移りて曲折たり
　（略）
粉黛《ふんたい》　亦包みを解き
衾裯　稍や羅列す
瘦妻の面も復《ま》た光れり
癡女　頭《かうべ》自ら櫛《くしけ》づる
母を學びて爲さざる無く
曉粧　手に隨つて抹す
時を移して朱鉛を施し
狼籍《らうぜき》として畫眉濶《ひろ》し
生還して童稚に對し
飢渴を忘れんと欲するに似たり
事を問ひ競うて鬚を挽く
誰か能く卽ち嗔喝せん
翻つて賊に在りし愁を思ひ
甘んじて雜亂の 聒《かまびす》 しきを受く
（北　征）

襤褸《ぼろ》を身につけた子供達の無邪氣な樣子をリアリスチックに描き、ユーモアといふには餘りにも痛々しい感じである、山上憶良の「貧窮問答歌」をおもはせ、もつと切實である。杜甫は彼の現實を現實として詩に詠じた。それは彼にとつてのつぴきならぬ必至の技術であり、それ以外に方法はなかつた。截斷と結合の交錯である。それが彼の詩において對句の形をとつてゐる。彼にはメタフィジックの世界はなかつた。現實には薔薇色はなく、天界は遠く手の屆かないところにある。李白的陶醉やゲーテ的諦念の境地からは遙かに遠ざけられてゐる。彼は現實の悲劇を諦觀するのではなく、どんづまりの悲劇の一役を演じてゐる。所詮、アポロ的明澄には達し得ない彼は暗いディオニソスの世界から脱し得ないのだ。いくらもがいても駄目なのだ。

諦観的境地から見れば、それは喜劇であるのかも知れない。現實が白骨を曝してゐるやうに彼自身が白骨を曝してゐる。啾啾たる鬼哭は彼の破れた胸から洩れてくるのだ。それが千年の昔から現在の僕等にまでつたはつてくるのだ。

★

漆山氏譯舊唐書列傳の後半の記述によれば、「永泰元年夏、武卒す。甫依る所無し。（略）乃ち東蜀に遊びて高適に依る。既にして適卒す。是の歳、崔寧英乂を殺し、楊子林西川を攻め、蜀中大いに亂る。甫其家を以て亂を荊楚に避く、扁舟もて峽を下るに、未だ舟を維《つな》がざるに江陵亂る、乃ち湘流に泝沿して衡山に遊び、耒陽に寓居す。甫嘗て岳廟に遊び、暴水の爲に阻められ、旬日食を得ず、耒陽の聶令之を知り、自ら舟に擢《さをさ》して甫を迎へて還る。永泰二年、牛肉を啗《くら》ひ白酒をのみ、一夕にして耒陽に卒す、時に年五十有九」とある。新唐書杜工部傳にも「大曆中瞿塘を出でて江陵を下り、沅湘に泝り以て衡山に登り、因りて耒陽に客となり、嶽祠に遊ぶに、大水遽に至り、旬を渉るも食を得ず、縣令舟を具して之を迎ふ、乃ち還るを得たり。令嘗て牛炙白酒を饋るに、大醉して一夕に卒す、年五十九」とある。

饑餓線をさまようてゐた杜甫が、最後にさんざん飲んで食つて滿腹して死んだといふのは愉快である。この傳記作者は相當深刻なユーモリストらしい。だが、この說はあやまりで耒陽に留まること數旬、西秦に歸らうとして荊楚に下る舟の中で病歿したのだといふ說もある。晩年の杜甫は、日本の水上生活者のやうに主に舟の中で生活してゐたやうである。

附記 この稿甚だ不滿、序說にも至らず、發表を控へたいやうなものだが、約束で仕方がない。他日を期したいものである。

（一六・四・一六）

鏡のなかの言葉

——レオナルド・ダ・ヴィンチについて——

花田清輝

「生《なま》のままの眞實は虚僞以上に虚僞である。文獻には通則と例外とが手あたり次第に載つてゐる。年代記作者でさへ、その時代の並はづれたことを書きのこしたがる」とヴァレリイがその「レオナルド・ダ・ヴィンチ方法序說」において主張してゐることは周知のとほりであるが、今、レオナルドの肖像を描かうとして私のねがふところは、ヴァレリイとは反對に、年代記や文獻や虚僞以上の虚僞から出發し、生《なま》のままの眞實に達したいといふことだ。ヴァレリイは「長い勞苦にたいする嫌惡」から右のやうな「詭辯」を案出したといつてゐるが、むろん、これは逆說にすぎず、さういふ信用のをけない足場といふ足場を全部取拂ひ、一躍、レオナルドの「核心」に迫らうとするところに、心をそそるかれの知的な冒險の動機があつた。さうして、あらゆる冒險の例に洩れず、その仕事は、いはばかれの意に反して、かれにむかつて「長い勞苦」を課したのである。率直にいつて、これは面白くない。したがつて、年代記や文獻や虚僞以上の虚僞を問題にしたはうがまだましだと考へた次第であるが——しかし、思ふに年代記や文獻を渉獵する仕事も、あんまり樂ではないらしい。中止したはうが安全だ。さうすると、のこるところは、唯、虚僞以上の虚僞だけだといふことになる。これは大へんさつぱりしてゐてよろしい。これにかぎる。そこでまづ最もあやしげな挿話のひとつをとりあげ、これをめぐつて、悠々と道草をくひながら、漸次、レオナルドの「核心」に近寄らう。その挿話といふのはかうである。

　レオナルド・ダ・ヴィンチは、フランチスク一世の宮廷で自動人形の獅子をつくつた。祭の日、獅子は大廣間をずつと通りぬけ、王の前に立ちどまり、後足で立ちあがつて敬意を表した。すると急にその胸がさつと割れ、王の足もとへ、フランスの國花である白百合がこぼれ落ちた。……

虚僞以上の虚僞であらうと、眞實以上の眞實であらうと、どちらでも差しつかえのなさそうな、つまらない話にみえる。しかし、はたしてさうか。現にこの話を物語つて後、メレジュコーフスキイは苦々しげに附け加へていふ。「獅子の玩具は、レオナルドのいかなる作品や、發見や、發明にもましてかれの名聲を喧傳させたものである」と。そのくちぶりから察すると、レオナルドの本格的な業績、或ひはその超凡の才能を正しく評價することを知らず、餘技であり、むしろその才能の浪費ともみえる、片々たる玩具の類に喝采した同時代人の無理解にたいして、ひそかに憤りを洩らしてゐるかのやうだ。なるほど、この話から、あらゆる先驅者の擔はなければならない孤獨な役割だとか、名聲といふもののもつ皮肉な意味だとか、いつの時代にあつても變りのない、世俗の淺薄さだとかを讀みとることは容易である。

しかしまた、いささか觀點をかへてみるならば、さういふ崇高なレオナルドの姿は、王様のために玩具をつくり、ひたすらその御機嫌をうかがつてゐる廷臣の卑屈な姿にも變貌するであらう。ルネッサンス期におけるユマニストは一種の家僕にすぎなかつた。デュアメルが「二人の師匠」のなかでいつてゐるやうに「ユマニストを傭つた權力者たちは、かれにたいして、別當《ベルフルニエ》よりも大していい待遇を與へず、たぶん獵犬掛《ヴヌール》よりもはるかに冷遇してゐたのである。」程度の差こそあれ、その社會的な地位の點では、レオナルドもまた、さういふ家來共のひとりにすぎなかつた。もちろん、レオナルドが卑屈にみえかねないといふのは、かれが廷臣、或ひは準廷臣の地位にあり、唯唯諾諾と玩具をつくつたからばかりではない。その玩具の性質が問題なのだ。

レオナルドの育つたフィレンツェ市の紋章は獅子であり、宮殿の上からは後足で立ちあがつた青銅の獅子《マルゾッコ》が全市を睥睨してゐた。全市を？　いや、このばあひ、いささか誇張していふならば、それは全伊太利を、或ひはまた全歐洲を睥睨してゐたともいへよう。なぜといふのに、フィレンツェこそ、當時における自由都市國家の代表であり、新興勢力の牙城であつたからだ。レオナルドがその神聖な獅子を玩具につくりいはば敵の陣營の指導者であるフランチスク一世のなぐさみものにしたといふことは、まことに唾棄すべき行爲であり、かれの反動勢力にたいする屈服を物語るものではなからうか。

とはいへ、さらに飜つて考へてみるならば、たしかにレオナルドはフィレンツェの紋章である獅子を玩具につくりはしたが、フランスの國花である白百合もまた、かれにとつては玩具以外のなにものでもなかつた。したがつて我々は、この話から、火花を散らして戰つてゐる新舊兩勢力の鬪爭場裡をはなれ、不偏不黨の態度を守りながら、ひたすら自己の仕事に精進した知識人の相貌をうかがふこともできよう。レオナルドは、かれ自身を、フィレンツェ人であれ、フランス人であれ、子供じみた人間共の玩具にしたくなかつたので、かれらのために機械仕掛けの玩具をつくつてやつたのだ。さうして、つくつてもらつた玩具を眺めて悦にいつてゐる人間共を逆にかれ自身の玩具にしたのだ、と考へることもできよう。かくてレオナルドの姿は一筋縄ではゆかぬものとなり、逞しいものとなる。だが、はたしてさうか。

いふまでもなく、私は以上述べた諸見解のいづれにたいしても左袒するものではない。さういふ挿話の解釋の仕方は、いはば文學的な常套手段にすぎず、しかも何より不滿に思ふことは、右のやうな種々の見解の相違がうまれてくるのは、底を割つてみれば、解釋の際、玩具にあたへるさまざまな意味の相違にもとづくにもかかはらず、玩具そのものにたいする省察が不十分であり、すべてそれを最初から、つまらないものときめてかかつてゐるといふことだ。もつと素朴な態度で、この挿話をうけとれないものであらうか。いかにも大人にとつては玩具はつまらないものであるかもしれない。しかし、世のつねの大人と同樣に、レオナルドもまた、玩具をとるに足らぬものと考へてゐたかどうか。もしもかれが、獅子の玩具をよろこびをもつてつくり、それにたいして玩具以外のいかな意味をもみいださず「無邪氣な」子供のやうにふるまつたにすぎないとすれば如何なものであらうか。ヴァサリの「著名畫家、彫刻家および建築家傳」によれば、レオナルドは、他からの依賴をうけないばあひでも、好んで玩具をつくつてゐたやうである。

> その地（ロオマ）で、或る日かれは蠟をこね廻し、それが液狀になると、大へん可愛い空洞の動物をこしらへた。それへ息を吹きこむと飛びあがり、なかの空氣を出してしまふと落下する。ベルヱデル（庭園の名）の番人の見つけた珍しい蜥蜴へ、別の蜥蜴から取つた皮でつくつた翼をくつつけ、それへ水銀をつめたものだから、蜥蜴が匍行するたびに、翼は動き、慄へた。それからなほ、眼玉や髭や、角をつくつて取りつけ、小箱のなかへ飼ひ、友達をおどかしつけたものだ。……

とにかく、かれは玩具をつくることに非常に興味をもつてゐたらしい。したがつて、獅子の玩具のばあひも、かれはそれを子供らしい「無邪氣さ」をもつてつくり、人びともまたそれにたいし、同樣の子供らしい「無邪氣さ」をもつて喝采をおくつたと考へられ、一應、そこには面倒くさい解釋など試みる餘地はないかのやうだ。しかし、かれもかれらも子供らしくはあらうが、いささかも子供ではないのであり――それどころか、ひとしくロマン・ロランのいはゆる「蒼白で皮肉な顔をしたロレンツオ・デ・メディチや大きな狡猾な口をもつたマキアヴェルリ」の生きてゐた時代の最も複雜多岐な性格をもつ民衆にほかならず、その玩具を愛好する氣持にしても「無邪氣」の一言によつて、簡單に片づけ去られるやうな代物《しろもの》ではないであらう。いつたい、玩具とは何か。何故にそれはつくり出され、いかなる理由によつてよろこばれるのであらうか。若干、ばかばかしい感じがするではあらうが、かういふ物々しい問題提起を、ひらきなほつて試みないとすれば、我々はいつまでたつても出發點に立ちどまつてゐなければなるまい。

この問題は、すでに十九世紀の藝術家によつてとり上げられ、なほ今日にいたるまで未解決のままのこされてゐる、さまざまな美學上の問題のひとつに屬する。ボードレールの「玩具談義」やリラダンの「未來のイヴ」はいふまでもなく、ホフマンやポオ――さては谷崎潤一郎にいたるまで、なんと夥しい藝術家のむれが、玩具について書いたことか。ここにあらためて私がこの問題を考察の對象にするのは、むろん、レオナルドの挿話を徹底的に分析したいと思ふからではあるが、また一面、玩具といふ、その一見ささやかな外貌の故にそれのもつ重大な意味が、もはや現在においては忘れ去られてゐるやうにみえるからにほかならない。このままでは、玩具の創造や享受、或ひはまた、ボードレールの匙を投げた、かれのいはゆる「難問」である玩具の破壞に關する問題提起にしたところで、なんら滿足のゆく解決をみないまま、未來永劫、闇から闇に葬られてゆくおそれがある。かならずしも私は、それらの問題にたいして、最後の斷案をくだすに足る明快な結論に達してゐるわけではないが――正直にいへば、一向なにがなんだかわからないのだが、かういふ狀態を默視するに忍びず、とにかく落されてゐるバトンをひろひあげ、蹌踉と走りつづけてみようと思ふのである。

さて、それでは玩具とは何か。私はこの考察を、おそらく石器時代の玩具であつたであらうところの獸《けだもの》の頭蓋骨や、牙や、貝殼や、小石などからはじめなければならないのであらうか。文獻や年代記を拒否し、虛僞以上の虛僞だけに私の視野をかぎるといふことが、冒頭において私の宣言した方法であつた。この方法は、あくまでつらぬかれなければならない。

ここにおいて、私はドストエーフスキイの「惡靈」を思ひ出す。讀者はあのなかに出てくるレムブケーといふ男を御承知であらうか。スタヴローギンやキリーロフやシャートフやピョートルといふやうな、隈どりあざやかな毒々しい登場人物のなかにまじつて、フォン・レムブケーは平凡であり、まことに影がうすい。まさしく石器時代以來、あきもせず愚鈍の相貌を呈しつづけてきた、人類そのもののやうな男だ。しかるに、ドストエーフスキイのかれについて語る挿話は、玩具とは何かといふ當面の問題に幾多の示唆を投げるとともに、レムブケーまた侮りがたしの感をいだかせる。その挿話といふのはかうである。

そのころ、かれは將軍の五番目の娘に焦がれてゐた。そして相手の方でも、やはりかれを憎からず思つてゐたらしい。しかしそれでも、アマリヤは年頃になると、たうとう老將軍の昔馴染の、年とつた工場持ちのドイツ人にやられてしまつた。レムブケーは大して悲觀するでもなく、紙細工の劇場を拵へた。幕があがると、役者が出てきて、手で身振りをする。棧敷には見物が坐つてゐるし、奏樂隊《オーケストラ》は機械仕掛けで、ヴイオリンを弓で擦るし、樂長は指揮棒を振り廻した。土間では伊達男や將校連が喝采する――これがすべて紙でできてゐたのだ。すべて、レムブケー自身の考案であり、かつ仕事だつた。かれはこの劇場の製作に六箇月かかつた。將軍はわざわざ内輪同志の夜會を開いて、この劇場を觀覽に供した。新婚のアマリヤをまぜて五人の將軍令嬢、新郎の工場主、それに大勢の夫人令嬢が、めいめい相手のドイツ男を引きつれて出席したが、みな一生懸命に劇場を點檢して、そのできばえを褒めた。その後で舞踏がはじまつた。レムブケーはすつかり滿足して、間もなく悲しみを忘れてしまつた。

幾年かすぎて、官界におけるかれの地位も定まつた。かれは相變らず自分の同族を長官に頂いて、つねに有利な位置で勤務をつづけた。そして、遂に年の割りにしては、華々しい官等にまで漕ぎつけた。かれはもうだいぶ前から結婚を望んで、注意ぶかく目を配つてゐた。一ど上官に内緒で、自作の小説をある雜誌の編輯局へ送つたことがある。たうとうそれは掲載されなかつたけれど、その代り立派な汽車を拵へて、またもや素的な代物《しろもの》ができあがつた。群集が鞄を持つたり、袋《サック》を持つたり、子供や犬をつれたりして、停車場から出たり、汽車へ入つたりしてゐる。車掌や驛夫があちこち歩き廻つてゐるうちに、やがて鈴《ベル》が鳴り、信號があたへられて、列車がそろそろと動き出す。この込みいつた細工のために、かれはまる一年つぶした。……

なんといふ複雑精巧な玩具であらう。まつたく隅にをけない男だ。レムブケーの玩具にくらべると、レオナルドのそれは、あまりにも簡單で、お話にならない。もしもレムブケーがルネッサンス時代に生きてゐて、さういふ玩具をつくつたとするならば、かれはレオナルド以上に天才の名をほしいままにし、世の讃仰を一身に集めたでもあらう。不幸にも、かれはいささか遅れて生れすぎた。そこであんまりぱつとしない片隅の名聲で滿足しなければならなかつた。しかし、そんなことはどうでもいい。問題は、なぜかれが玩具の製作を志したか、といふことだ。挿話の語るところによれば、第一のばあひは、かれのアマリヤにたいする失戀がその動機であり、第二のばあひは、かれの小説の雜誌に掲載されなかつたことにたいする失望がその動機である。ドストエーフスキイは「レムブケーは大して悲觀するでもなく」とさりげない調子で書いてはゐるが、レムブケーが物に憑かれたやうに素晴らしい玩具の創造に熱中したところからみても、かれのうけた打撃は、かならずしも輕いものではなかつたらしい。表面、それほどでもないやうな顔つきをしてゐればしてゐるほど、悲しみはかれの心のうちで、極度に内訌してゐたにちがひない。とにかく、かれの玩具が、悲愁のいろを帶びてゐることは否定すべくもない事實だ。

ここから、我々は、玩具が遊戯のための道具であり、單にヨリ樂しく遊ぶためにつくり出されるものだといふ、ひろく世に行はれてゐる常識的な見解にそむき、それが我々の心の危機からうまれるものだといふ、ひとつの新しい見解をひき出すことができよう。さて、レムブケーのばあひ、かれの心の危機は、一度は結婚の相手をうばはれたことによつて、次は結婚の相手がなかなか見つからず、小説を書いたが、それが失敗に終つたことによつてもたらされた。いづれもその窮極の原因を性的なものに求めることができる。そこで、かれはその心の危機を脱するために——つまり、抑壓されたかれの情熱を解放するために、玩具の製作にむかつたのだ、といふことになる。これは大へん精神分析學的なテーマである。

ではレオナルドの獅子の玩具も、似たやうな過程を經て誕生したものであらうか。しかし、殘念ながら、レオナルドの失戀物語など何處にも見あたらず、事實、かれほど性的ないざこざから遠ざかつてゐる人物も史上にめづらしいのである。なるほど、ヴェロッキオの弟子であつた頃、一度同性愛の嫌疑で調べられたことがあつたが、これとて直ぐ無罪だつたことが判明してゐるのだし、以來、一生涯悠々と獨身でとほし、結婚の相手が見つからないといつて、くよくよするやうな意氣地なしではなかつたらしい。だが、絶望するにはまだ早い。不幸中の幸ともいふべきことに、フロイドに「レオナルド・ダ・ヴィンチ」といふ論文がある。もちろん、レオナルドがどうして獅子の玩具をつくり出したかといふ問題については、なんらの斷定もくだされてはゐないが、かれの性的生活については、縷々數千言がつひやされてゐる。この論文によつて、我々は、いかにフロイドが私と同樣に愚にもつかない挿話を愛するかを——さうしてまた、いかに火のないところからでも、天日ために暗くなるほど、濛々と煙をたてる術《すべ》を心得てゐるかを學ぶであらう。

精神分析學の手にかかると、レオナルドもカタなしでありかれの清淨潔白な假面は無慙にも剝ぎとられ、大してうつくしいとは義理にも申されない、赤裸々なかれの素顔が暴露される。まづフロイドは、レオナルドが私生兒であり、赤ん坊のとき、父とはなれ母の手ひとつで育てられたらしいから、母の父にたいする愛情まで自分ひとりで獨占し、すこぶる滿足したであらうと想像する。これなど、かくべつ異論のおこる餘地もあるまい。しかし、すこぶる滿足した赤ん坊のレオナルドが、生意氣にもかの女にエロチックな執著を感じ、やがて生長してこの愛を抑制されるにおよび、一方において、自分のうちに同性愛的傾向を芽生えさせ、他方において、いろいろと性的好奇心をおこし、これが一轉して科學的探求癖となり、再轉して藝術上の製作となり、以後、かれにおいて、科學と藝術とは互ひにその支配的地位を爭ひながら、辯證法的に發展してゆく——と、いとも明快に說きすすめるにいたつては、ひとはフロイドの輕業《かるわざ》に感嘆し、無言のまま、左右に頭をふるばかりであらう。

フロイドの說を信ずるならば、レオナルドの玩具好きは、同性愛の一變種であり、その玩具の製作は、性的好奇心に端を發するものと考へなければなるまい。さうして、これは一概に妄誕邪說としてしりぞけ去らるべきではなく、或ひは我々の研究に、一條の光りを投げあたへるものであるかもしれない。同性愛についてフロイドはいふ「子供は、母親への愛を抑制するが、同時に、自分自身を母の立場に据ゑ、自分と母親とを同化させ、自分といふ人間を典型として、新しい愛の對象を、この典型に似かよつたもののなかから選擇するのだ。かうしてかれは同性愛に陷るのだが、本來、これは自己《アウト》エロティズムスに逆戻りしたにすぎない。靑年期に入りかけた少年が年下の少年を愛するのは、結局、かれ自身の幼年期の再生か乃至はその代用を、母親が幼年時のかれを愛したやうに愛してゐるに過ぎないからである。いはば、かれはナルチスムスの過程上に愛人を見いだしたのだ。ギリシア神話にナルチスといふ靑年があつた。水鏡にうつつた自分の容姿に戀こがれた揚句《ナルチス》、うつくしい花と化してから、かれの名をそのまま、花は水仙と名づけられたといふ」と。

たしかに玩具を愛する氣持のなかには、同性愛におけるよりも、いつさう容易に「ナルチスムス」をみとめることができるやうだ。殊に玩具の代表的な形態である人形をもてあそぶ子供を觀察するならば、直ちにこのことが判明するであらう。夢のなかの飛翔が性的な意味をもつといふところから、レオナルドの生涯の關心の的であつた飛行機製作を動機づけるまでもなく、玩具を愛し、玩具をつくることを好んだかれは、かならずや同性愛的な傾向をもち、少年時代の性的好奇心にはじまる探求癖をそなへてゐたでもあらう。ルネッサンス期には、レオナルドのほかにも、たくさん玩具つくりの名人がゐた。たとへば、レオン・バティスタ・アルベルティのごときも、その錚々たるひとりであつた。ブルックハルトの「伊太利文藝復興期の文化」は、かれの玩具について物語る。

殊に人びとの讃嘆を博したのは不可思議な覗き箱で、かれはその内に、或ひは峨々たる岩山の上に、星宿や月の出を現じ出し、或ひは山や入江が遠く霞みのなかにつらなるひろい景色に、陽光を浴び、雲の陰翳を負うて、出船入船が往來するところを見せたりした。……

おそらく、かれもまた母親に可愛がられすぎたのにちがひない。フロイドならばいふだらう、この覗き箱といふやつが問題だ、子供のエロチックな衝動としてあらはれるものに、猛烈な覗きたいといふ欲望がある、と。

さきに私は、ルネッサンスの人びとが、子供らしい「無邪氣さ」をもつて玩具をつくり、また同様に、子供らしい「無邪氣さ」をもつてそれにたいして拍手をおくつたとする素直な考へ方もないではないが、しかし「無邪氣」といふ一言によつて片づけ去るには、かれらはあまりにも複雑な性格をもつてゐたといつたが、いまやその子供らしい「無邪氣さ」の正體の、ほぼいかなるものであるかがわかつたやうに思ふ。かれらの玩具好きは、いささかもかれらの無償のたはむれを意味するものではなく、情熱のおもむくがままに振舞ふことのできた、うしなはれた過去のよき日にたいする、いたましいかれらの追憶にもとづくものであつた。一世を風靡した玩具熱は、人びとの感情生活のゆたかさを示すものではなく、むしろ、そのまづしさのあらはれであり、抑制された情熱の結果にほかならなかつた。すなはち、かれらが玩具を愛するのは「かれら自身の幼年期の再生か乃至はその代用を、母親が幼年時のかれらを愛したやうに愛してゐるにすぎないからである」さうして、それこそ、復興、再生を意味する、ルネッサンスの基本的な性格であつた。

とはいへ、はたして我々は、フロイドとともに、性慾的なものだけを世界の廻轉軸とみとめることができるであらうか。さうして、いつまでも心理的な世界のなかに踏みとどまり、物質的な世界にたいして、眼をとぢてゐることが可能であらうか。フロイドの言ひ分を聞いてゐると、まるで我々は生殖器だけをもつて生れてきてゐるやうであるが、我々には胃袋だつてあるのである。心理ばかりに興味をもつのは、食ふに困らない人間だけのすることだ。事實、精神分析學は、性的享樂を第一義と心得るウィーンの俗物心理の觀察によつてつくりあげられたものであり、所詮、それは金利生活者の心理學にすぎなかつた。もちろん、かくいへばとて、私は、折角いま我々の獲得した、玩具が抑制された情熱の所産であるといふ結論を、早速、放棄しようとするものではない。ただ性的情熱だけが、我々の情熱の一切ではないといふ、至極平凡な一事實を顧みてゐるだけだ。ルネッサンスの玩具つくりの達人らが——さうしてまた、これに讃嘆の聲を惜しまなかつた當時の無數の民衆のむれが、皆、赤ん坊のとき、あまりにもおふくろによつて可愛がられすぎた連中ばかりだとは、どうしても信ずることができないからである。

かくて我々が、ふたたび觀點をかへ、心理學的にではなく社會學的に、レオナルドの玩具の獅子を眺めはじめるならばたちまち獅子もまた變貌し、挿話はこれまでとはちがつた陰影を帶びて、我々の眼前に浮びあがつてくるであらう。

これは自明の理であるが、當時、人びとがこの獅子の玩具に瞠目したのは、それが巧妙に製作された自動人形であるからであつた。このことから、我々は、容易に、當時の社會が、いかなる技術的段階に立つてゐたかをうかがふことができるのだ。

元來、人形は手工業的な生産物であつた。もちろん、昔から運動する人形はあつた。たとへば、エヂプトの粉捏《こなこね》人形である。それはパン粉を捏る奴隷の格好をした木製の玩具で、人形の臺の下の握柄《にぎりえ》をつかみ、片手で腰についてゐる紐をひくと、奴隷は捏臺の上でパン粉をこねはじめる。さういふ人形はギリシアにもあつた。アリストテレスは、人形の運動について次のやうに書いてゐる。「絲がひかれる。たくさんの糸が結ばれてゐる諸部分が、それぞれ動きはじめる。人形はまづ點頭する。眼をつむる。眼をひらく。それに應じて手足を動かす。その恰好は、まるで生きてゐるもののごとくである」と。

ルネッサンス時代にも、エヂプト式の簡單な構造のものやアリストテレスの述べたマリオネット風のものは、ざらに存在してゐたにちがひない。しかし、ひとりで堂々と宮殿を闊歩し、王様に敬意を表したりする獅子の玩具にいたつては、正にルネッサンス人の想像を絶してゐた。そこでかれらは驚嘆したのにちがひない。すなはち、このことは、當時における生産の基礎が、なほ依然として手工業的なものに置かれてゐたことを意味する。ヨリ正確にいへば、おそらくそのころは、中世的・ツンフト的意味での手工業が問屋制手工業に移つてゆく過渡期にあたつてゐたのであらう。さうして、稀にマニュファクチュアもまた存在してゐたかもしれない。なぜといふのに、とにかく一方において、古い生産段階にとどまつてゐたのでは、たうてい期待することのできなかつた、レオナルドの自動人形の出現をみたのだから。

ここにおいて、レオナルドの玩具の獅子は、フィレンツェの青銅《マルゾッコ》の獅子とともに、近代社會の黎明を告知するといふ、きはめて重大な役割をになふこととなる。そのことはまた、我々をして、この玩具の製作者が、近代的生産のイデオロギー的反映である數學的・機械論的哲學の、最初の使徒のひとりであつたであらうことを類推せしめる。一箇の人形の存在から、かういふ類推を敢へてするならば、臆斷のそしりをまぬがれないであらうか。しかし、レオナルドが右から左に、かれの左手で丹念に書きのこした、鏡にうつすとき、やうやく判讀することのできる有名なかれのノートは、我々の類推を肯定するもののやうである。人びとは、このノートから、好むがままに、哲學者レオナルド、藝術家レオナルド、科學者レオナルド等々の、多彩な姿を引き出すことができよう。

とはいへ、我々は「萬能の人」レオナルドの姿によつて眩惑されず、むしろ、ぎこちない動作をする――おそらく、レムブケーのそれよりもヨリ幼稚な、かれの機械仕掛けの人形の姿を冷靜に眺めることによつて、あらゆるかれの業績を、正當に評價すべきであらう。なぜといふのに、その獅子の玩具こそ、レオナルドの方法の具體的な成果を、最も單純明瞭な形態において、我々に示すものだと思ふからだ。かつて私もまた、レオナルドの行くとして可ならざるなき才能にたいして、ただひたすら讃嘆の念を禁じ得なかつたのであるが、やや生長するにおよび、おそらくかれの多藝多能は、新しい時代の擔ひ手として、至る處にかれが、克服すべき多くの古い時代の桎梏をみとめたためであらうと思ひ、才能の有無に拘らず、同じく轉形期に生きるもののひとりとして、かれの悲壯な努力を他人《ひと》事ではないと感じはじめた。今でも私は、レオナルドにたいする私のかういふ見方が、かくべつ間違つてゐるとは考へないが、しかしながら、むしろ、いつさう正確には、私はかれの多面的な活動の原因を、當時における技術的段階の低さに求むべきであつたであらう。

ヴェロッキオの仕事場で、ひとりの「徒弟」として出發したレオナルドは、チェンニーノ・チェンニーニの「繪畫論」が說くやうに「繪具を練つたり、糊を煮たり、漆喰を捏ねたり、畫板をつくつたり……」ありとあらゆる仕事をしなければならなかつたにちがひない。すでに繪畫の領域だけでもさうなのだ。必然にかれは、多藝多能にならざるを得なかつた。しかしまた、かれの仕事の多くが未完成であり、構想されたままで、遂に實現をみなかつたばあひも少くなかつたのは、かれの怠惰や移り氣や、完璧をもとめてやまない、かれの內心の要求やによるのではなく、かれが、さういふ低い手工業的技術の制約を、決定的にうけてゐたためであつた。

にも拘らず、かれは玩具の獅子をつくつたのだ。それは當時の技術水準をはるかに超えたものであり、その製作の根本的なモチーフは、デカルトのあの有名な言葉「諸々の獸は、魂のない、どのやうな自發性をも缺除せる機構《メカニズム》以外のなにものでもない」に、あつたであらうことを思はせる。ここからラ・メトリイの「人間機械論」へは一歩であり、事實、レオナルドは、かれのノートのなかで、解剖學の研究が、いかに力學の研究と、密接不可分の關係に立つものであるかを述べてゐる。

　レオナルドは、ガリレイの、ハーヴェーの――その他、さまざまな貴重な業績をのこした人びとの、先驅者であつたであらう。かれはつねに先驅者であり、絶對的に先驅者であつた。なぜといふのに、かれのいだいてゐた機械論的世界像の細部にいたるまでの仕上げは、マニュファクチュアの成熟を俟つて、はじめて遂行されるていのものであつたからである。さうして、手工業的技術の段階から機械工業的技術の段階に移るにおよび、すでにこのマニュファクチュア時代の科學すらが古色蒼然たるものに變つてしまつたが、なほ數學的機械論的世界觀は、基本的な意味において、いささかも死滅してはゐないかのやうだ。それはルネッサンス以來の生産方法が、依然として持續してゐるためであらう。リラダンにしろ、チャペックにしろ、すべてこの世界觀との對決を迫られ、自動人形を問題にしたのであつた。

　玩具の獅子は、かつてそれがつくられたときには、精巧をきはめたものであり、萬人に驚異の眼をもつてみられたでもあらう。しかし、すでに今日、人びとはその姿を見飽きてしまつた。にも拘らず、なほそれが、發條のゆるみ、色の褪せてしまつた姿を衆目にさらしながら、相ひも變らず威張りかへつて、ギクシャクと歩きつづけてゐるとすれば、はたして我々の次の世代は、それにたいしていかなる態度をとるであらうか。私は、さきに一寸觸れた、十九世紀の藝術家の言葉を、いまあらためて思ひ出す。

　手に入るや否や、碌に見もしないで、すぐに玩具を毀してしまふ子供がゐる。このやうな子供らについては、白狀するが、かれらをこのやうに行動させる神秘的な感情が私にはわからない。かれらは人間社會を模倣するこれらの小さな品物にたいし、迷信的な憤怒におそはれるのであらうか。或ひはまた、玩具を自分らの生活にとり入れるに先立つて、一種の秘密結社入團試驗でもうけさせるのであらうか。――難問である。……

　否、それは自明の理に屬する。

前田寛治氏について

（この一文を友人今泉篤男君に送る）

内田巌

前田寛治氏は慧星の如く我洋畫壇に現はれた作家である。

彼が事實上活動した期間は、大正十四年から昭和四年にかけての四五年間に過ぎないが、氏はその短時日の間に多くの魅力と暗示とを投げながら、慧星の如く去つたのである。一時畫壇の一角を風靡した前田イズムの畫風を、今日では全く見る事は出來ないが、氏のレアリテに於ける主張は今も一つの大きな課題として、未解決の儘我々の間に殘されてゐるのである。

一、量感の把握

二、質感の把握

三、實在感の把握

レアリズムに於けるこの主張は、寧ろ當然過ぎる常識である。しかしその常識は、實現の上に常に多くの混亂を生んでゐるのである。

氏の作品を見る時、それ等の主張は餘りに繪畫的な複雜な表現の相の中に隱れてゐる。氏の作品に現はれたものは端的な主張よりも、近代的に觀念化された複雜な氏の體質の反響である。氏の畫に見える量感の表現內容は、十九世紀的な油彩の第三次元的への追求の意志ばかりではなく、色彩の對比的階調としての近代的方法が加味せられてゐる。質感はそのレアリズムの根本的な主張の要素ではあつたが、色彩の觀念性を重視する氏の作畫方法の上で、逆に限界を加へられてゐる。實在感は畫面の空間的統一を指して言ふのであつて、決して實在の說明を勿論言ふのではないが、ある畫面に現はれたものゝ中には、無統制な程空想が飛躍し過ぎてゐる。氏の作品の中で氏の主張に近いものを求めるならば、晩年の傑作「横臥裸婦」（帝展出品）、美術院賞を取つた大作「海」及びクールベ、マネー等の影響化にある滯歐作品の若干に就いてであらう。海は病院にあつて製作された作品であつて、氏の病床日記の一頁には「寫實！　それは異常の意識統一力と强靱な體力」と云ふ文句が傷ましくも書かれてあつたと云はれてゐる。

氏は當時の畫壇の中にあつて、知識人として思索を重要視した點では、全く類を見ない型の畫人であつた。「畫家は科學者に似てゐる。畫家の頭腦に浮ぶ新しい發見は科學者のそれにも通ずる」と云ふ言葉を筆者は氏から直接聞いた事さへあつた。「新らしい發見」は氏の作畫過程の中に常に注意深く採り上げられた。偶然に現はれた一つの色に就いても、それを敎養の上に意識化せずには置かなかつた。「ベラスケスの樣な色が出た」と氏は、偶然塗られた畫面の朱色を子供のやうに得意に眺める瞬間もあつた。「この首は非常に良く行つた、もう二度と出來ない。そつとして置きたまへ」私は後輩として、氏からそんな風な心使ひを受けた。

氏は事實親しい私の先輩であり先生でもあつた。さうした個人的な氏への憶ひ出に就いては、いつか別に書いて見たいと思ふが、私は當時氏の人格を絕對に信賴してゐたし、氏の繪畫上の意見の全部を受け入れて仕事してゐた。

私は氏の畫風の露骨な追從者では無かつたが、氏より受けた繪畫的な指導の一つ一つを今日迄忠實に私自身の體質の內に守り續けてゐる唯一の生徒であると自ら信じるのである。

氏は私にクルーベの手法を敎へた。私はその手法から更にコロへの道を選んだのではあつたが、若し氏が指導者として私の前に現れなかつたならば、さうして私の作家體質の中にクラシズムへの方向を見出し、それを具體的に指摘しなかつたならば、私は畫家になる意志を失つてゐたかも知れない。氏以前には誰も十九世紀への關心を持つ畫家は日本には一人も居なかつたし、まして細心の注意を以つてその技法を日本に紹介した畫家も居なかつた。全く氏はその意味で印象派と後期印象派、或はフォーブの表面的な沈澱の上に投げられた一つの光であつた。その事は當時の日本の畫壇にとつては劃期的な役目であつて、印象主義の中に長く忘れられてゐた色彩に於ける固有色の問題が再び取り上げられ、それはマチヱール（畫質・色の質量）に深く關係付けられてさへ來た。しかし氏のこの主張とは無關係に、氏の色の方は次第に意識的に主觀化され、實體へ向つて逆に自身の體質を强調するに到つた。即ちクールベの客觀的な多分に自然主義的な物質追求の態度とは異なる結果として現はれた。晚年色彩は次第に白へと還元されて來た。銀灰色は氏の昔からの一つの特徵でありゴッホを愛した初期の點描派風の作品にも、黑（ノアール・ベーシュ）と白による階調が見出されてゐたのであるが、晚年それはブリュと白へと解決されて行き共處で止まつた。赤はライト・レッドが常に用ひられ、バーミリョンを使用したものは一二點に過ぎず、ガランスローズは絶對に拒否されてゐたやうに私は記憶してゐる。私は氏から灰色の基調を敎へられた。私はそれに若干の修正を加へた儘、今でもその方法を用ひてゐる。氏は畫壇に向つてその作品を通して、様々な問題を提出してゐる。實に勇敢に多くのものを投げつけた感じであつた。それが氏の五年間の畫壇に於ける仕事でもあつた。氏の廣い教養が端的に畫因にぶつかつて、可成り複雜な表情を呈した。その一つ一つは未だ處理出來ずに、氏のレアリズムの主張上に殘されてゐる。その事に就いて考へたいと思ふ。

一、クールベと前田氏

クールベは今日レアリズムと稱せられてゐるが、一箇のロマンチストである。前田寛治氏もその繪畫的性格に於て、氏の主張せる「新寫實派」の概念と全然異なる多くの浪漫的作品を生んでゐる。前田氏のフィギュアは寧ろバロックに屬するもので、新野獸派と日本で呼ばれた一群の作家（現在獨立展の幹部を形成する人々）と同じ性格を背景として考へられる。其處に氏の時代への順應性もあり、同時に繪畫的な諸矛盾をも含んでゐる。その事は一つの現象としての作家的宿命ではあつたが、同時に氏の時代的成功をも意味付けてゐる。

前田氏の寫實主義はクールベの如く、油彩の傳統的系列の上に結實せず、寧ろその多分に日本的なサンチマンの風貌の上に色々の課題を提出してゐる。日本的なサンチマンとは日本的な觀念性、多分に文人畫的なリリシズムを特徴としてゐる。前田氏がクールベに共鳴した理由は畫人としての體質よりも以上に、一箇の時代的な知識人としてである。時代が氏にそれを爲さしめた感もあり、同時にそれは當時の氏の社會的モラルの一傾向でもあつたやうに思ふ。

クールベの特徴として今日レアリズムと云はれてゐる「石割り」や「靜物畫」又は「プルードンとその家族」の持つ感覺は前田氏の體質中には全然見出す事が出來ない。氏の本質的なものは寧ろ、コテを使用した風景畫「グラン・シャトーヌ」「暴風」等のフィギュアの勝つた作品の中に見出される。氏の晩年の風景や最後の大作「海」に現はれた才能がそれを證明してゐる。

クールベの「フォンティヌ夫人」の顏と手とには氏の勉强の過程が窺はれるが、衣服の描寫には全く別箇な解釋、寧ろ近代繪畫の持つ單純化の方法が試みられてゐる。衣服の解釋はクールベのレアリズム的表現としての質料を意味するが、顏や手の手法は寧ろクールベのクラシズムへの教養を語るものである。しかもクールベのレアリズム樣式の追從として露骨に現はされた色とマチエールの關係は、氏の場合マネーやピカソの新古典主義に共通してゐる。ジョンヌ・ブリアンの使用がそれを語つてゐる。

「余は古典のと云はず近代のと云はず、凡ての形式外に在つて研究した」と云ふクールベの作家態度に氏の研究方法もあつたからである。人間クールベに對して、氏は一つの理想的な社會の型を作家として憧憬してゐたやうに思ふ。一言にして云へば、氏は生きた藝術家の典型を生活的に要求してゐたのである。しかしその場合、時代として氏の畫面にあらはれたものは、一つの直觀形式としてのフィギュアの效果へその重心を持つた。氏は自身の繪畫的範疇を作り上げた。その所産として氏一代の名作「横臥裸婦」はすばらしい成功を示したのである。それは氏の藝術の完成であると共に、その範疇を決定づけたものであつた。

一、マネーと前田氏

マネーの名作オランピアは、前田氏の一九二五年の滯歐作の「裸婦」の中に現はれてゐる。それは構圖と線に於ける共通性を語つてゐるが、マネーのそれに比して色彩は不透明色である。晩年の氏の透明色の「横臥裸婦」に比較して、氏の藝術の進展を示すものである。これはジョンヌ・ブリアンの光の面の不透明色に配するに、ブラン・ルージュとウルトメール・フォンセを使用してゐる。

しかしこの三つの色彩の配合は、晩年迄の氏の人體描法を特徴づけたものである。しかも同じ色彩が不透明から透明に移動する場合に注意せねばならぬ事は、そのマチエールの變化である。氏の畫はマチエールが重厚から次第に薄く處理されて來てゐる。セザンヌが初期の重厚なマチエールから次第に薄くなり、畫面の透明性へ向ふ過程と似てある。セザンヌとは變り氏の場合は、質料への追求よりも次第に空氣のアトモスフェールや、光による空間處理の方法が其處に眺められる。そのポイントに氏の日本的なものの良さがあるが、又洋風油彩の傳統を拋棄する一つの危機性が感じられる。

氏の構圖がクラシズム的な作品の場合でも、必ず斜線によつて組み立てられてゐる事や、顏の位置にも正面法よりも七分三分の斜顏が多いと云ふ點なぞ、氏の體質はクラシズムではなく、近代的フォービズムを語つてゐる。氏の仕事のクラシズムと見らるゝ一面は、クールベやマネーの技法形式への追從を通してのみ考へられる。

氏の主張であつたレアリズム(實在觀や質量に於ける)主張が本當の意味で客觀性を持ち得なかつた理由が此處にある。

一、ゴッホと前田寛治氏

前田寛治氏の諸作の中にはゴッホへの系列があるとその筆法の上で云はれてゐる。初期の渡歐前の作品や、その後にも現はれた諸作を見ると、一見さうした意味も解るし、氏自身も意識的にそれを明示せんともしてゐる。

しかしそれは手法と云ふ表面的な意味であつて、その繪畫内容は全然異なるものである。ゴッホの素朴な生活への共鳴性のあるものを氏の中に見出すが、ゴッホの色彩が自然から強烈に抽出さるゝのに反し、氏は主觀的な色彩の構成によつて、自然を再現――と云ふよりは寧ろ作るのである。晩年の風景畫にさうした系列を眺める事が出來る。氏のレアリズムの主張は東洋的なロマンチズムへ晩年完全に移行してゐる。


氏は三十四歳の若さで夭折されてゐる。

「ポエジイのない畫は駄目だ。ポエジイ、ポエジイ」と氏の殘された手帳には亂暴に記されてあると云はれる。氏が懷中にしつゝ、昭和五年四月の十六日あの世へと持つて行つたその言葉の整理をする事は、矢張り私達の役目ではなからうかと思ふ。

〔附〕近くアトリヱ社より今泉君によつて「前田寛治」が出版される筈である。多くの人によつて讀まれる事を切望する次第である。

×　×　×　×

誌友募集

本會に協力希望の問合せがありますので、此度從來設けられて居りました誌友を廣く募る事に致しました。奮つて御參加を望みます。規定は左の如くです。尙會員になるには本會々員の紹介を必要とします。

一、本會の趣旨に贊成協力する者にして雜誌購讀者を誌友とす。
一、會費は文化織組購讀料として年額三圓二〇錢、半年一圓六〇錢前納とす。
一、誌友は本會主催講演會講座その他の催しに入場無料若しくは割引にて出席する事を得。又本會出版物の無料若しくは割引にて購入する事を得。

雪

局　清

雪の降る下に浪が打つてゐる
長い〳〵汀に大きな浪が打つてゐる
漁船が雪に埋もれてゐる
小川があつてそこだけ雪が崩れ
人がゐるかと疑はれるほど粗末な家がある
同じやうな景色が來ては又過ぎる
室蘭灣は漠々と水平線見えず

寒い藍黑の　海一面に雪が降つてゐる
汽車は北邊に進み
藍黑の寒い海が　夜に　ならうとしてゐる
ひた走る汽車の
二重張の硝子窓に額を押しつけてみると
空一ぱいに　雪も　海も暮れてゆく
全速力の汽車もいつしよに暗くなつてゆく
抵抗出來ぬ　この大きな速度に對して
私はただ叫び聲をあげたくなつた
その叫びたい聲を堪えて
夜の來るのをぢつと見つめてゐた

（一六・三・二二）

道標のための覺え書

―重治文藝理念を中心にしての省察―

水野明善

「我々は何のために小説を書くか？　また小説を讀むことをするか？　ある單純な命題の説明や納得のためにではない。その逆だ。複雜多岐な現象のなかから、それの意味する結論を引き出すために讀み且つ書くのだ。ユークリッド幾何學の一つの定理を小説で説明しようとすることは馬鹿げてゐる。」

――「子供と花」ヨリ

（一）

一つの作家論が、爲される場合、評家の先づ省察すべき事は、昨今、作家論が一の流行現象化せんとしつゝある、傾向である。流行、と云ふ語の直接に響かせる、淺薄な語感を以て理解される如き、流行、たらんとしつゝある事である。作家論が、古典作家・現代作家の別なく、どしどし、行はれると云ふ事は、特に、明治作家の評價に於いて、インチキ極まる幇間的なお人好ししか示せぬ、現代文學史學を、根本的に、再建する上から云つても、寧ろ喫緊な事に屬すであらうが、尠くとも、今日目に見える範圍に於ける諸作家論は、さうした當面的課題の一を、逆に、紛糾せしめる、要因ならんとしつつあるとしか、解し得ぬ事は、正に、一考を要する、であらう。今日、作家論が、烈しく要求される所以は、甲或は乙の作家にとつて、文學する事がどの程度に迄、人生を生きた事になつて居たか、と云ふ、文學する者にとつて掛け替えのない問題、の探究を通して、文學する事がとりも直さず人生を生き拔く事になつた如き作家に於ける文學と人間的營爲のぎりぎり一杯な嚙み合ひの關係を、歷史の流れを肯定的に進ましむる一環として把え、或は、文學する事が逆に彼の人生を全的に否定した事になつた如き作家を抹殺する如き、歷史への志向、にこそあらねばならない。さうした作家の抹殺の代りに、歷史の、觀念的な、抹殺が行はれる。そして、更に重要な點は、歷史を抹殺した心算の當事者が、歷史を抹殺した事によつて、現實的には一層活潑に、歷史を、卽ち裏返しにされた歷史を實證する事になつてゐるのである。

斯くの如き歷史への志向の缺除は、「文學には情實が紛れこまないだけでも、それを生活の手段にすることは、やつぱりうれしい。いつでも勝負は情實なしの土俵の上で決するのだから、いさぎよいと思つてゐる」所の丹羽文雄（現代文學四一・三月號）に代表される、文藝理念の、旦那根性による歪典を一貫する非論理的性格、乃至、「歷史とは人類の巨大な恨みに他ならぬ。歷史を貫く筋金は、僕等の愛惜の念といふものであつて、決して因果の鎖といふやうなものではない」（改造四一・三月號）と廣言する小林秀雄に代表される、徹底的な反歷史的卽ち反論理的性格、或は、今頃プレハノフ輩を麗々しく持ち出しては、蕪雜至極な認識論の擁護下に現代國家主義文藝の直接的前身をプロレタリア文藝に求める、あつかましき「集團主義文藝論」の著者岡澤秀虎に代表される、現實的歷史の見地の相對主義的歷史によるすり替への持つ似而非論理的性格、更には、斯うした歷史と論理に對する不逞なる反逆に立脚したるが故、「生活」を探求する筈の二千枚からの長篇を、遂に一頁から一頁へと、生活から疎遠してしまう如き悲劇を體現せる島木健作に於けるチンコロの遠吠え、又は、主として系譜物とされる作品に見られる如き、人間探求の爲の人間探求、意味も何もない、やたらな個別化、それに見るレアリズムの冒瀆、それを一貫する論理的思考なき想像の空虛化、以上の如きものに集中的に顯現する、現代文藝に於ける、デカダン支配、を底流に持つものである。比喩的な意味でなく、文字通りの、デカダンで、それらがある、と云ふ事を確認するに吝かであつてはならない。曾つて風俗に於ける瑣末なるものへのレツテルとしてあつた、デカダンなる言葉を、その言葉の、本當の、意味に解放し、解放されたる本當の意味に從つた上で、もう一度語感を取り上げるなら、その言葉の語感をとことんまで痛烈に感じなければならないのである。

作家論の流行が、さうしたデカダンの一翼をなし、文藝の理念を益々頽廢貧困化せしむる勢ひにあると云ふ事は、他面より云ふと、作家像の浮彫なる美名に隱れて、何時しか、作家論が「論」でなくなる事、卽ち作家論の藝術化的傾向が、顯著であると云ふ事である。實のある序論と結論のない、空虛な本論だけのもの、の跋扈をこゝに見て、今迄、現代は序論だけしか書けない時代ぢやないのかしら、と變な笑ひに自虐してゐた筆者などは、少し誇張すれば、諸々の作家論に度膽を拔かれた。そして、度膽を拔かれたその勢ひで、愈々、中野重治論に取り掛るのである。萬一、「論」になつてゐたら勿怪の幸である。重治を方便に現代文藝を論じたい。

―〔附　記〕― こゝまで書いて來て、筆者は、中野重治の近業で、二篇ばかり讀み逃してゐるもののあるのに氣付き、早速讀んでみた。一は、日本評論新年號「安藝海とペタン」であり、二は、新女苑四月號「座談會・世に出る女性へ」（宮澤・神近・村岡同席）に於ける發言であるが、前者に於いては文化に於ける言葉の色調の大きな役割が國民の判斷力と結びつけて取り上げられ、「言葉が豊富なイメーヂを伴つて肉體的なものとして扱はれる習慣がもつと強くなつていい」と論じ、言葉の「肉感」が强調されてあり、後者にあつては、「たゞ若い娘さんたちがお茶の精神を論ずるといふのは、一種のデカダンですね」と云ふ意見が讀まれた。たゞそれだけの事である。しかし、私は、附記しないで、すませないものを痛く感ずる我儘者である。讀み過して忘れて戴きたい。

（二）

明治、と云ふ枠なりに、歪められながらも、兎も角、一應、その役割を完了した日本自然主義の、揚棄的な、後繼文學の種が蒔かれ、幾本かの卓拔な發芽を見た事は事實であるが、それが、滿足に生育し、立派なライフワークとして容認される作品を殘した作家を、不幸にして、私達は知らない。强いて求むれば、「火山灰地」の、久保榮位なものであつたらうし、それが兎も角ライフワーク的なものであつたからこそ、日本的水準を超え、世界戯曲史上、稀に見る、水準作、たり得たのであるけれど、さうしたライフワークを持たぬ優れた素質の作家の中で、取り別け、中野重治――「年譜」に依れば一九〇二年一月二十五日福井縣高椋村に生れ「自作案内」に依れば二五乃至六年に文學者としての生活を詩人として始めてゐる――にあつて、その感、特に、深きものを人に覺えしむるは、何故であらうか。云ふ迄もなく、「汽車の罐焚き」（三七年）は、昭和文學に於ける、貴重な作品の一つである。けれども著者自身が、その單行本の前書きに、「これを客觀的な一つの叙事詩として仕上げなかつたことも無論私の責任である。」と責任を感ずる如く、この作品は、「徹底的にロマンの眞髓を發揮せぬところに」、叙事詩的「統一が安定したかの皮相」を呈したと云ふ、批判（現代文學三月號に於ける大井廣介）をも、甘受せねばならないのである。――叙事的統一の問題は、ルカッチの所論にも觸れて、未だ、多くの論議點が保留されてゐるのであるが、今は、それに觸れてゐられない。「空想家とシナリオ」（三九年夏）とて同樣である。創作手法、乃至、樣式に於いて、こゝまで追ひ詰められた、或は、追ひ詰められるものを自らの中に藏してゐた、重治の、作家的性格を端的に示してゐる點で、代表作的とも云はれる、斯作にあつても、人は、依然、偉大なる試作、として考へざるを得ないであらう。今日迄、重治文學に觸れた諸論中、最も行き屆いた把握を要約的に示した、窪川鶴次郎の、新潮社版「歌のわかれ」、に於ける、解說が、「作者のその情緒の動きや思念の働きの方法は、『空想家とシナリオ』において文字通り遺憾なく發揮された」と絕讚し、同じ窪川が「中野獨自の小說形式を一つの小說形式として高く買ひ」（新潮四〇年一月號「座談會」三二八頁）ながらも、「重要な轉換の作品」（同上）と見做さなければならなかつたのである。正にそれは、重治の作家生活にとつて「重要」であり、さうした樣式は、既に、「原の欅」（三七年晩秋）に萠芽以上のものとして、先在してゐるのであるが「轉換」的な作品である事に變りはない。然かも、充分肯足されて然る可き「轉換」でもある。であるから、斯作の樣式の繼承された「汽車の中」（三九年秋）を、「余り詰め込み過ぎて失敗してゐる」（前揭新潮座談會）と云ふ靑野季吉や、その作品に「最も極端に小說といふ表現形式を作者の勝手に利用した作家」（文藝三九年十二月號）を見、それから受ける讀者の感銘を、藝術的なものとして、認める事に眞向から反對した、伊藤整とは、別な眼で見なければならないのであり、又、それを「作者が故意にまともさを回避し戲畫化して低廻に甘んじてをり、獅子文六などのユーモア小說と殆ど選ぶところがない」と、酷評した、大井廣介（「藝術の構想」）のロマン狂信徒的な、偏狹なる、文藝理念に對しても、「かまたき」の場合と異なり、一言なければならないのである。

だが、かうした大井廣介的な批判の再批判を考慮しつゝも、重治自身が「罐焚き」前置きの、敍事詩的構成への憧憬を、「空想家」創作後の、四十年四月に、漏らした作家的心情の綾は、注目されねばならない。四〇年に於ける「かまたき」へのかうした反省は、斯作のかゝれた、三七年と云ふ年の文學史的意義に對する、愼重なる考察を前提としてのみ、その反省の現實的內容が納得されるのである。少くとも「かまたき」が「第一章」「一つの小さな記錄」「小說の書けぬ小說家」等々のモダモダを吐き出してしまつた後のカラツとしたものを感じさせると云ふ事が、三七年文學の特質でもあつたと云ふ事情――即ち「火山灰地」、「外資會社」、「八年制」、「はたらく一家」、「北東の風」、「海流」、「梟」、「鴉」等が何れも三七年環境に於いて創作されたと云ふ事情――が考へられねばならない。現實の新しき社會的探求が逞しき寫實精神を以て活潑になされ始めた氣運が銳く把握される事は肝要である。その上で始めて、重治の反省が意味を持つのである。

「彼の文學的經歷は既に長いが、まだ爵然たるライフワーク的な作品がない。作品は常に未完成の痩身を見せてゐる」のは――と、都新聞四〇年一〇月二〇日「中堅作家論」の匿名氏は說く――「作品のまとまりよりは、獨創への意慾が强いからであらうか。それもあらう。しかし前述の如き（「自らの高さを自負し守らんとすることが、自らをも傷けてゐる、自己を利することのない」）悲劇的なエゴイズムの作用でもあらう。」とする事は、皮相な見解たるにとゞまつてゐる。皮相な、と云ふのは、重治の作品がまとまつてゐない所か、過去の作家である殍大人か、本質的に大正の作家である康成か、假令現代の作家にしろ余程低級な作家でない限り、現代にあつては到達出來ぬ程度の、まとまり、を大概の作品が見せてゐる事は、「文學の鬼」宇野浩二あたりが既に認めてゐる（「文藝三昧」）所からも、明瞭であるからでもなく、そこに謂ふエゴイズムの性質規定がその中に含む、論理的な矛盾、からでもない。もつと深い處、即ち重治の作家的な歩みを忠實に分析する事に依つて得られる、作家論的結論、更にはさうした分析が順當に進められるなら、否が應でも、ぶつからねばならない、日本自然主義文學轉形の過程を中軸とする、日本現代文學史の運命的な性格、そこから考察されねばならない、と私は言ふのである。

（三）

齋藤茂吉の短歌、室生犀星の詩・小說を通じて、文學の世界に入りながら、既に低廻的なものに對する憎惡を、生活感情として、我が物にし、「齋藤茂吉と松倉米吉とは短歌史の最後のページでらう。」（「走り書覺え書」二八〇頁）と書いたことからも明らかなる如く、「短歌的なものとの別れ」を「兇暴なものに立ちむかう」意欲（「歌のわかれ」――三九年春）の下に、成し遂げた彼の、同人雜誌「裸像」「驢馬」時代に於ける、詩人的出發は、靜より動への示唆深い憧憬を以て特徵的、である。小說「歌のわかれ」にその創作契機が述べられてゐる「あかるい娘ら」に於ける、ひろい運動場の白線上にとびはねてゐるあかるい娘らの筋肉的躍動への、淡彩ながら底にねばりあるものを感じさせる氣持のなびき、「しらなみ」「浪」に於ける激情、特に「浪」にあつて、その激情の昂張は、寄せては返す浪でない、寄せては寄せる浪を、詩韻に迄感じさせ得た。併し、彼の詩が、「浪」のピリピリ筋肉の音まで聞える如き昂情を、常のものとするに到るのは、當時新興の文學氣運に、全的に身を投げ出してから後であつた。「前の箱の腰のところにつかまつてどこまでもどこまでも蹤いて行く」荷物も何も入つてゐない「最後の箱」（貨車）の、全體的な動に對し、それを動として主體しない「愚かな姿を見送つてゐるうちにおれは少しづゝ悲しく」なつて來、

私はこのしづかな水邊を去りませう
今日は水さへも私をいとうてゐる
水の心はおとなしい故
それとみづからは言ひ出さない
たゞ私が向ふの方へ行くならば

水は彼自身のしめやかな歌をうたひ始めるでせう
私はしづかなこの水邊を去りませう
水がそれを乞うてゐるやうです

――「水邊を去る」

と詩ひ、しづかに去つて行くのである。さうした彼が同じ鐵路の上の「巨大な圖體」と「千貫の重量」を持つ機關車を詩つて、「おれの心臟はとゞろき、おれの兩眼は泪ぐみ」「輝く軌道の上を全き統制のうちに驀進するもの、その律氣者の後姿に、おれら今あつい手をあげる」――「機關車」――のである。「浦島太郎」「あかるい娘ら」「挿木をする」(これなどプーシュキンの珠玉的な「小鳥」を心情に於いても樣式に於いても彷彿させる)「わかれ」「水邊を去る」等々、の淡悲しい詠嘆、然かも動への志向を烈しく抱きながら、その方向を與へられてゐない淡悲しい詠嘆の世界から、「浪」「豪傑」「歌」「機關車」の怒張する世界への憧憬的前進は、三八年に於ける箝口的事情から解放されて始めての作品たる「歌のわかれ」三部作終章の、前述した「短歌的なものとの別れ」として、又その續篇と云ふ可き、そして「歌のわかれ」の意企が一應そこで完了したる、「街あるき」(四〇年春)にあつては、「肩に天秤棒をかついで、その兩方にそれぞれ重ねになつた竹籠やうのものを提げてゐた」「二十七八くらひの年配の」「厚い肩をして盛り上つた胸」をしてゐる女のさりげない物腰への感動として現れ、主人公安吉は、

「……殆ど感動してそれを見送つた。……そしてふゐに、しかしごく自然に、いつかの太田篤へその森本といふ男に會つてみてもいいといふ手紙を書かうと思ひついてゐた。……今の女や、川の舟の上の人々や、朝の滿員電車や、それから坂本の通りの自轉車の群れやなんかの運命が森本なんかのあんな輕いタッチに關係があるなぞと考へることは馬鹿げたことだらう。……それにしてもしかし會つてみてもいいだらう!」

(「街あるき」新潮四〇・七月號二一〇―一頁)

と、或る歩みを踏み出す事が暗示されてゐるのである。この樣な動への示唆を含む人間心情の色調は、全重治作品を一貫してゐる。出世作「鐵の話」「わかもの」以來、假令、その當時の文學の尖端的な代表作家が重治の妹鈴子に宛てた書簡に於いて、「中野クンは小説を書くとき、材料を必ず五六度表を裏がへしてみたり、いぢくつた後で書くのです。……だから、僕は『鐵の話』や『春さきの風』などよりも『わかもの』を大きく評價したいのです。」と云つてゐる如く、ひねくられひつくり返された形式を持つものであるとは云へ、近作「娘分の女」(四一・一月號新潮)に到る迄一貫する、重治文學のプラス的な積極內容、をなしてゐるのである。(――上記書簡の解釋にはそのまゝ賛成出來ない、何故なら、「わかもの」こ

そ彼の初期作品中最も優れた作品ではあるけれど最もひつくり返されてゐるのである)。「病氣なほる」、「わかもの」、「鐵の話」等初期作品が當時の文學主流の系列にあつての一つの特徴が、全く、大だんびらを振りかざした主情的作品と對蹠の、飽く迄人間をリアルな姿で、下積みの人間の歩みを、あるべき見地からあるがまゝに描く、と云つた質實な所から把まれ、當時の作品が多く陷つた、世界觀と世界感の矛盾に起因する、脆弱な人間像しか創造出來なかつた弱みを、一應、克服してゐた點にあつたのであるが、それにしても、日本私小説傳統の人間と人間のからみ合ひから來る迫力に乏しい、個的人間の素描、に止まつてゐたことは、今日の重治文學のロマンに遠い性格を既に胎包してゐたのである。それは又同時に、現代小説の特質的骨骼に通ずるのであり、そこに、「集團主義文藝」などの逸脱した提唱を招くすきがあつたのでもある。これからの重治は、「クリム・サムギン第一部」の著者の表現を借りるなら、「水底に沈んだ魚のやうに、腐敗物の充滿した底の方から淸らかな表面に浮び上らうともがいてゐる」人々を、心情の上昇的側面より、描く事に、今の處制約されてゐる創作活動の、活路を、見出すであらうが、然し、さうした動的示唆を生活の一駒一駒のぎりぎりな生き方から受けるともなく受けずには居れなかつた「娘分の女」、を描くに當つて、初發の文學者的自覺以來抱懷する苛措なきばかりに嚴しい文藝理念、「生活をまことの姿で描くことは藝術にとつて最後の言葉だ」(「藝術に關する走り書的覺え書」七八頁)と考へつゝ、同時に、「題材の取捨は現象としての題材それ自身から出發しては永久に決定され得ない。それはたゞ題材が本質的に持つところの意味によつてのみ決定される」と意味の追求——それが、あるがまゝのものをあるがままに描くと云ふ寫實の根本精神と毫も別物でない事は、追求さる可き現實が決して靜的なものではなくその逆のものであり、然かもその發展が究局的には軌道的なものであると云ふ認識の嚴しき反省からして當然である。——を片時も等閑に附し得ない彼の作家意識が彼女の心情の流れに、直接ぶつつけに「あと一と息といふ氣」を苛立たしさとじれつたさの中にさらけ出したことに依り、讀む者に徒らに痛ましさを覺えさせた如く、その前途は多難であらう。とは云へ、「娘分の女」と云ふ人間像創造の意欲の裏側にひそむ、流行の系譜的作品に見る如き無反省な人間主義に對する抗議は、昨今、大いに買はなければならぬものである。さうした無反省は、窪川の「人間に還れ」の主張(「現代文學論」)の誤つた實踐、或はその窪川所說のマイナス的側面の實現されたものである。それに關聯して、私は、曾つて重治が窪川の創作「風雲」を評した評し方を想起する。「小説のなかの人物がどう振舞ふかは作者の勝手ですし、ごく稀には作者の手にすらおへぬ作中人物自身の勝手です。私のいひたいのは、竹造(「風雲」の主人公)のさういふ行爲が作者自身にとつて絶對的なものとなつてゐること、あるひは絶對的なものとなつてゐるかのやうに見えることとです。作者が作中人物に卽いてしまつてそれを引きはなしてゐない點です。」(「論議と小品」四六頁)。「風雲」の場合には苛酷と思へる樣なかうした註文をする精神が、「娘分の女」の煩瑣とも思へる說明を要求したのである。「空想家とシナリオ」に於ける、例の新宿驛構內の時計、更に「根」の嵐に堪える根、に對する焦燥ある鄕愁的なものも、根は一つ、である事に變りはない。

更に、重治自身に於ける、さうした心情の方向を得た昂揚の挫折前後、を扱へる諸作の中最も感銘を與へる「村の家」(二五年)に於いて、さうした動への志向が如何に作品に結晶されてゐるか、を見る事は、極めて興趣が深いのである。そこでは「機關車」に對する憧憬と同じ氣持が、主人公勉次の父孫藏に對する氣持として現れてゐる、と見る事が出來る。一度び自己の人間的統一のあり方に見られる脆さを、面と向つて、自分に突きつけられた人間が、他へ人間の最も深い處に於いて働きかけ得る實踐的要因としての人間的統一性の强靭さに、その方向とか中身とかを問題とする前に、先づその統一の强靭さに、心ひかれる、のは當然であるが、轉向して出て來、父の許に身を寄せる勉次の孫藏に對する氣持のありかたはそれ以上の深い美しいものがある。しかし、今は、重治の文體に對する考察的暗示をも考慮して、次の一節を引用して見よう。「村の家」、父孫藏の肖像である。――傍點は筆者が附加した。

「大きな黃色い齒が三十二枚揃つてゐる。あはゝんッと非常に大きな咳拂ひをして、大きな厚い手の平で顏をぶるッと撫でては話しつゞける。大きな五分刈り頭、額の太い橫皺と太い眉の間の縱皺、高い長い鼻、馬のやうな大きな二重瞼の眼、眼尻の幾つにも分かれて重なつた皺、大きな唇、盛り上がつた顎、おとがひ、どこもかしこも立派で大きい。首の皮膚には縱のたるみがあつて、それが大きな肩へ續く。はだけた胸も、手も、顏も、澁茶色に燒けてゐる。たゞ足のふくらはぎが白い。大きな耳の橫でびんの毛が白く光つてゐる。口髭はごま鹽だ。時々からだを搖する。」

此の肖像的描寫は、明らかに、詩つてゐる。「大きな」と云ふ形容をモメントとして統一され、詩の格調を保つてゐる、と云へる。(然かも、この場合の「詩」の意味の含ませ方が、面白い。「手」の手、「街あるき」の女勞働者、「空想家」の時計、とか、この「大きい」とか云つたモチーフを持ち出す重治のポーズを、じーつと、見詰めてゐると、きかん氣の中學生が、山を書け損ねた代數の難問に向つて鉛筆芯をなめなめ、口尖をとんがらして、何を、そもXと置く可きやと死に身になつたもの、そして、苦しまぎれにXと置いたもの、を自然と連想する。）　かうした調子のついた散文が、調子と共に決してその描寫の適格さを失はない所が重治の強みである。と共に、重治の小說をして、ロマン的性格を取り離からしめてゐる、內的なブレーキの一つ、でもある。立野信之をして「不在地主を中野に書かしたら、三十枚のものになる」（前述「書簡」による）と云はしめたと云ふ如き、又靑野季吉に前揭通り「余り詰め込み過ぎる」と云はせる、重治的小說構成がロマン的構成を取り得ないのは、描寫力の不足でなど決してなかつた事は、重治がロマンを試みた唯一の作であり、結局導入部だけで中絕されてしまつた、「村のあらましの話」（創作集「小說の書けぬ小說家」所收）の失敗を考へても、判然する。一シークエンス每の描寫は、飽くまで適格であるが、それらの渾然たるリアルな描寫が構成的に結合される構成の美しさに缺けてゐる事の意味は、構成される小說として取捨された現實素材と作者の精神の間に介在する、溝の大きさに對する、その大きさから觸發されたる作家的自意識の反射的な烈しさ、息苦しさ、に壓倒された投げ、を廻つて在る。その自意識が何時しか重治を調子づいた散文の上に安住せしめなかつたとは、云へない、であらう。例へば、「汽車の罐焚き」中の壓卷的に印象深い、臨時乘務の主人公を乘せた列車が寒冽な曉の山野を驀走する場面に見る、簡潔な詩ひ上げた文調は、その場面に關する限りでは、絕調であらうけれど、あれだけ所謂「本格的」な題材を持つこの作品の中では、調子外れに、浮き上つて居る事、が指摘されなければならない。それに比する時、さうした自意識の流れ・突つかゝり・そのものが、見詰められ剖開され盡した「空想家とシナリオ」に於いては、斷奏的に漸層的にフラッシュバック的に詩ひ上げられる調子が、こゝでは、放散された自意識の暗い翳を帶びた悅ばしげな飛揚を思はして、思ふ存分効果を擧げ得てゐるのである。空想家車善六の空想的奔放に乘ずるのである。

「それらの本はどうしてつくられるか？　そこの山に樅の木が生えてゐる。それが伐りたふされる。挽かれて細粉になる。それが工場へ行つて紙になる。こゝにボロがある。それが集められ、精選され、そして同じく工場へ行つて紙になる。そこに山がある。鑛石が掘り出される。それが精煉されて鉛が取り出される。それが活字になり、それが工場へ行つて文字印刷の基礎になる。そこに汚い街があり、そこからぞろ／＼と勞働者が出て來て、そこで彼等が組んだり印刷したりし、そして活字のために鉛から來る病氣になり、それから別の汚い街があり、そこで半分家內工業的なやり方で製本がなされてゐる。出版屋があり、大賣捌きがあり、小賣店がある。また古本屋があり……」かうした調子で、纏綿と續き、小說に於いては殆どの場合詩ふ事が負數的な輕快さを招く、と云ふ通例から超然たり得、逆に、さうした輕快さを正數的なものとして持ち込んだ、のである。然かも、その奔放な想念の飛翻が、作品の綾としてでなく、骨骼として作品を統一し、空想の內容は內容で、片岡良一などに依ると、現今貴重な科學的思考のモデルであると稱揚されもするのである。(「展望現代日本文學」七一頁)。空想も偉なる哉、かうなると、そんじよそこらの力み返つた正氣の理屈より、善六父ツちやんの空想の方が本物の理屈だつた、と云ふおつかない皮肉が籠められてゐる譯である。

車善六の等身たる小山正太郎が、區役所の樓上より、街頭に展開される市街戰の演習を眺めつつ、その戰鬪が決定的な頂點にせり上がると共に、窪川の「解說」による「本能的な涙」にこらへられなくなる、「演習」(三九年)のクライマックスに於ける涙も、「歌のわかれ」を書き「空想家とシナリオ」を書かねばならなかつた時代の重治自身、に對する抗議を暗に含めつゝ、あゝした形で、曾つての憧憬を反芻したのであつたであらう。さうした懷舊的な情念が仄見えると云ふこの作品の骨骼が、その涙を、ひどく計算されたものとして我々に印象づける。少くとも、「罐焚き」には、さうした計算性はなかつた。機關助士井上君の出現に逬る「私」の情念は、兎も角、すーつと讀む者の心に滲み透るだけの、純粹さ、を保つてゐた。「私は、人々が私を取り卷いてゐてくれるのを感じた。ある人は下獄するのに私を思ひ出してくれた。私を取り卷いて……私を中心にではない。しかし私も人々にまじつてそれらの人々を取りまきたい。相手が女であつても、私はぴたりと肌をあてるだらう。……」(「汽車の罐焚き」二十六頁)と咆哮しても、素直に呑み込める純粹さを、小說の組み立てを通じて、訴へるのであり、それは、「素朴といふこと」と題される隨筆の中で展開された「すべての藝術家は、常に、シェクスピアもカリダーサも終に車輪の發明家ほどには人類に貢獻してゐないことを辨へてゐるべきであらう。勿論僕はすべての藝術家に車輪を發明しろとはいはない。制作にあたつて僕らは、いつもその制作を車輪の發明のやうにすることを――といふのは、車輪の發明家を誰も記憶してゐない。だが車輪を使はない人間が一人もゐない位に彼を記憶してゐる。誰も車輪の發明者に感謝してゐない。しかし人間の殘らずが車輪を使用してゐるといふことよりも立派な感謝狀は一枚もないに違ひない。――念願とすべきである。」(「重治隨筆抄」一三四頁及び「走り書的覺え書」三一八―九頁)と云ふ逆說(――そこに空想家車善六の車姓が胚胎すると見る事は樂しい――)に通ずるものであり、さうしたものである事によつて、島木健作の屢々用ひる、計算の上に立脚する强ひる昂情とか、「演習」の、それに似た昂情とは、余程その類を異にするのである。その樣な異質的なもの――異質的とは云ふもののそれが重治のこれからの永い作家的行路の本質的なものとなるかどうかは我々の豫斷とは他者であり、さうなる事を衷心怖れるのであるが――の異質たる筋合ひは、彼の今日迄の文藝に對する理念――その理論と作品としての實現――に照して異質であると主張するのである。そして、「演習」の異質に對し、「空想家」の正質を言ふのは、昨今の文學に余りにも乏しすぎる文學的訴へを兎も角保たうとする正當なる意欲の實現され方、それが結局文藝理念の問題に歸するのであるが、その實現され方の重治的な方法たるひねり方の具體的形式に於ける向背を睨み合せての上である。見る者即ち創る者の眼の健否を前提としつゝ、且つ眞實を眞實のまゝ把握する心構え、その心構えの實現され方、を云ふのである。又、この點で、武鱗文學を超克せんとし、超克し得るのである。

(四)

上述の如く、小説結構に於ける重治的なひねり方の叙事詩的或はロマン的構成缺除との、又、「わかもの」に於ける、或は部分的に「村の家」に於ける書簡體採用との、又、「汽車の中」「娘分の女」に於ける茶話體採用との、「空想家とシナリオ」に獨創的且集中的に顯現せる關聯の問題は、作家生活初發以來方法的には一定せる、重治の文藝理念の、「一定」の枠内に於ける、發展的展開の樣相、が究明される時、より明白となるであらう。

特定の政治的方針が提示され、その實現・影響確保・擴大が叫ばれた時にあつてさへ、當時それに反對を表明せる重治ではなかつた事勿論ではあるけれど、形式の無限的な可能を唱へ、形式と必要（内容）の相互滲透的作用を強調し――「覺え書」序九頁――、當時にあつては余程の確信なしには口に敢えてし得ぬ如き「人間的生活の最も微小な一片」への關心を表明し――同上本文九頁――、「藝術は一つの鑄型の中に自分を押し込める時自殺する」（同上四八頁）との理解の上に、藝術上のプログラムと政治上のプログラムを峻別し、――八〇頁――、

「一體、藝術に取つて面白さとは何であらうか。ある藝術作品の藝術的價値とそれの面白さとは全く別物であらうか」（八一――二頁）

と云つた具合に問題を鋭く提出しては、

「藝術に取つてその面白さは藝術的價値そのものの中にある。藝術的價値は、その藝術の人間生活の眞への喰ひ込みの深淺（……）、それの表現の素樸さとこちたさによつて決定される。……彼の藝術を大衆が面白がらないなら、面白さを人眞似するのでなしに藝術の源泉である大衆の生活を探ればいい。

「彼が大膽卒直に認めなければならなかつたのは、彼の藝術が大衆に容れられないといふ現象だけであつたのではな

かつた。……その現象の原因、彼が人心をゆする客觀世界の藝術把握に無力にも喰ひ下がれなかつたことをこそ、最も大膽卒直に認めなければならなかつたのだ。」（同上八六頁）

「藝術は味つけなしの時が一番うまい。」（八四頁）

「我々の制作にあたつてどんな條件が附けられようとも……

……なほ且つ我々は、拳骨のやうに頑張らなければならない――生活をまことの姿で描くことは藝術にとつて最後の言葉だ。」（九四頁）

と云ふ風に、答へて行つたのである。之等は、何れも、彼自身「年譜」に於いて「自分でも力を入れ、藏原に何度も叩きかへされ、非常にためになつた」と追想した對藏原論爭（一九二八）の直接的な産物であり、こゝに暗示された藝術論的思想は、後日、宮本によつて、「作品における內容と形式は、具體的には不可分離であると云ふ命題が動かぬものであるならば、我々に感動を與へる作品は、感動を與へる程度には、內容と形式の整つた統一を持つてゐる。それだから、我々が形式の點ではまづいが感動を與へると言ふのは、その小說は單に內容によつてのみ（そんなことは考へられない）感動を與へると云ふことを語つてゐるのでなく、內容・形式を夫々抽象した場合の相對的規定を語つてゐるのみであつて、我々の感動の基點には必然に、ある程度の「整つた形式」がなくてはかなはぬのである。」（宮本「文藝評論」一四三頁）と云ふ如く、定式化、されるに到るものの萠芽、であつたのであり、藝術價値論爭に於いては、更に獨自の地歩を堅め、「この論議に參加したプロレタリア文學に屬する人々の中で、藝術的價値といふ言葉を使つてゐるのは彼一人であつた」（窪川「現代文學論」六一七頁）のである。彼は絶叫した……

「藝術に政治的價値なんてものはない、藝術評價の軸は藝術的價値だけだ。」（新潮二九年一〇月號「藝術に政治的價値なんてものはない」）（「夜明け前のさよなら」所收）

この様にして、猿眞似染みた小說的なもの、低次なポスター小說を書く人間と、「藝術の最後の言葉」を守る本當の作家を區別し、二者の、究局に於いて持つ、實踐的効果の有無、を說き、前者（ポスター作家）に、この作品はくだらぬ、この作品の藝術的價値はひどく低い、君が本當に人間として生活を有意義ならしめたいなら、藝術とは別な所で働いて貰ひたい、と面と向つてビシ／＼言つたのである。

上記引用に何げなく眼を通す讀者の中には、これが一體、曾つて作家同盟の有力な一員だつた作家が、加盟當時、表明した見解なのだらうか、寧ろ、所謂藝術至上派の人によつて爲された言說ではなからうか、と疑問を持たれるか知れぬ程の讀者がゐるとしても、私は、何も選りに選つて、重治の守成的な面を抉り出した譯では毛頭なかつたのであり、そこに藏原に正當にも「叩きかへされた」所の理想主義的な文藝理念の信念化があるにしろ、彼は、文化全面に至る時代的な疾風怒濤のさなかにあつて、正當にも、文藝・藝術の正しき在り方に向つて「拳骨の如く頑張つた」のであり、「純文學」の擁護などと云ふ類とは眞向から對立する如き仕方で、文藝を擁護したのである。この觀點よりする重治の功績は、もつともつと買はれてよいのではなからうか。して見れば、一方の側に於ける文學の守護神とも謂ふ可き川端康成程の者が、啓蒙を意圖した「小說の研究」に於いて「重治を健作と同項に置き、兩者の文藝理念を同一視したなどと云ふ事は誠におかしなものでなければならない。この一事からしても、彼等の文藝意識の衰弱が明々白々に窺はれるのである。然るに重治自身自らが、重治的な文藝理念と逆なものの保持者としての健作の本質を、健作登場の直後早くも發露してゐるのである。

「これらの主人公(癩・盲目)は、信念の現實化を諦めてゐることによつて逆に信念にすがつてゐる。信念の强さがしばしば具體的實踐の放棄の口實にされかけてゐる。……そこで信念が諦めへ轉化し、そこでそのあらゆる强さを以てしても現實に働きかけられぬものとなる。……つまり、作中人物を信念で救ふことで、逆に作者自身ある程度作中人物と同樣に信念に賴つてしまつたところに作と作家のマイナスを見てゐる。」(「論議と小品」一〇八―九頁)

これが一九三四年既に言はれた言葉である。この重治の健作論の中に、明瞭に、「生活の探求」から脫出し「或る作家の手記」まで達しながら依然何等の痛痒を、覺える筈の者に覺えさせない健作の本質が、躍如としてゐるのである。處女作「獄」諸作の中に「健作」を分析し引きづり出した重治にして始めて、昨年來の孵批判(――日本評論四〇・二月號「文學における文學と人間との問題」――)反鷗外論(――都新聞四〇年一〇月二一日―二四日「鷗外を繞つて考へること」――)を、舊時の反秀雄・反房雄・反橫光論に於ける非合理主義批判の後系として、又、「世俗と文學の世界」(日本評論四〇・三月號)に於ける洋二郎・健作批判を通じての、或は、子供の文學童話の藝術性要請(新潮四〇・一二月號)を通じての、重治的文藝理念の反彈的表明と相俟つて、現代文藝評論界を內面的に推進せしむる建設的な仕事たらしめてゐるのである。

をかしな結論だが、斯小論の結論として、重治の鷗外に關する斷章を引用する。

「鷗外は日本文學の傳統となれない。

「岡本かの子を天才呼ばはりすることさへ許されるとすれば鷗外は天才に違ひないだらう。

「いろんな問題の解決を特に役人とか役人的なものとしての面とかでしたのだけれども、彼はすべてを、實際的政治的に解決してしまつた。それと文學とは無緣だつた。

「日記のなかまで、あらゆる人間に身分上の差別をつけてゐたやうな人の文學が文學の正統といはれるかどうか。「鷗外あたりが高貴な文學だなぞと云ふ俗説は、この際直しておく方が將來のためだと思ふ。

後記――文學者的活動を開始して以來、激しい時代の流れに終始桿さし續けて來た中野重治の十有五年に亙る、作家としての評論家としての歷程を、時間的繼起より自由な敍述に從つて、概觀すれば、以上の如くである。併し、私の中野重治論はこれで終りではないのである。中野重治論として取り上げねばならぬ問題が、以上に盡く盡された、とは全く言へない。取り上げられた問題も、その最も重大なものにあつてすら、取り上げられ方が全く不充分である。文學史的考察も約束されたまゝ遂に果されなかつた。これから始まる部分が餘りにも多過ぎた事は、全く面目ない。寬恕を請ふ。――一九四一・四・六――

附記――

浪　　　中野重治作

人も犬もゐなくて浪だけがある
浪は白浪でたえまなく崩れてゐる
浪は走つて來て默つて崩れてゐる
浪は再び走つて來て默つて崩れてゐる
人も犬もゐない
浪の崩れる所には不斷に風が起る
風は磯の香をふくんでしぶきにぬれてゐる
浪は朝から崩れてゐる
夕方になつても未だ崩れてゐる
浪はこの磯に崩れてゐる
この磯は向ふの磯につゞいてゐる
それからずつと北の方につづいてゐる
ずつと南の方にもつづいてゐる
北の方にも國がある
南の方にも國がある
そして海岸がある
浪はそこでも崩れてゐる
こゝからつづいてゐて崩れてゐる
そこでも浪は走つて來て默つて崩れてゐる
浪は朝から崩れてゐる
浪は頭の方から崩れてゐる
夕方になつてもまだ崩れてゐる
風が吹いてゐる
人も犬もゐない

志賀重昂

——「日本風景論」をめぐつて——

小野十三郎

志賀重昂といふ人はどういふ人であつたか、私はくわしく知らない。「日本風景論」も星二つの岩波文庫となつて出て、はじめて讀んだのであるが、さう云へば、この文庫版の扉に複寫されてゐる初版の表紙繪は、昔、どこかの古本屋の書棚で見かけたやうな氣もする。同じ文庫で出てゐる鈴木牧之の「北越雪譜」等といふ本と一緒にいつか買ひこんで忘れてゐたのを、何か他の本を探すときに偶然にみつけて讀みかけたが、中途で放棄した様な記憶もある。ところが最近、私はスウェン・ヘディンを讀んで感心したのが病みつきとなつて、トルキスタン、パミール、西藏、青海、新疆、蒙古等、中央アジヤ一帶にわたる、地理學上や考古學上の著名な探險隊の旅行記や記錄を讀むことに興味をおぼえ、リヒトホーヘンだとか、オーレル・スタインだとか、パムペリだとか、プルジェワルスキー等を次々と讀み漁つた。近頃は出版インフレで時局をあてこんだいろいろな本が出るが、こんな時代では、まづ安心して讀めるのは、この種の學術探險記位のものだらう。科學に關する本等にはインチキなものが多い。とにかく私は、一時は全く憑かれたやうにヘディンやスタインを讀みふけつた。砂漠や鹹湖の荒怪な自然は、日夜一つの幻覺となつて私の頭の中にあつた。ロプノールだとか、コータンダリヤだとかいふ鹹湖や河流の名は、いつか私に親しいものになり、砂漠や氷蝕山形の乾燥した非情の風景に、私はふしぎな憩ひをすら見出したのであつた。しかし私にとつて、最大の發見はさういふことではない。私はこれらの著者を讀んでゐる間でも、一方に於ては、いつも、それと對蹠的な日本內地の自然や風景のことを考へてゐた。おそらく將來に於ても、そこから半歩も脫け出る日はあるまい私を取り圍む日本の深い強い靄のことを考へてゐた。最大の發見はむしろ、この反省にあるといつていゝ。そして私はあらためて、志賀重昂の「日本風景論」の價値について考へてみたのである。

「日本風景論」(岩波文庫)には、小島烏水の懇篤を極めた解說が附いてゐる。それによると、初版が出たのが明治廿七年十月である。同卅五年までに增訂十四版を重ねてゐる。米國の「蘭《クリサンセマム》」といふ雑誌にも一部分が譯載された。當時、時事新報が諸名士から古今の愛讀書の投票を募つたとき、明治年間の書物としては、福澤諭吉の著書の他には、この「日本風景論」が最多數を占めたと云ふ。「明治廿七年、日清開戰の折柄、日本山岳文學史上に、忘れることの出來ない一書冊が現はれた。それは志賀重昂氏の日本風景論である。此書に依つて一般世人は、日本には氣候海流の多樣多變なること、水蒸氣の多量なること、殊に火山岩の多きこと、流水の浸蝕激烈なること等を敎へられた。日本の風景保護すべく、登山の氣風興作すべきことを說き聞かされた。その書の淸楚なる體裁といひ、詩味饒かなる文章といひ、所謂科學と文學を調和する企てといひ、當時にあつては最も目新しいものであつた。」と烏水は解說のはじめに書いてゐるが、まことにその通りであらう。今日、私たちはこの本を讀んで、別に登山熱を煽られるといふやうなこともない。文章にしても左程詩味豐かな文章だとは思はない。況んや科學と文學の調和の企てといふやうなことは一向に感じもしない。むしろ、その反對の場合をすら私は考へた。又地質學的な見地からみたこの本の二三の缺陷や誤謬はすでに瞭らかにされてゐる。さう云ふ點から云へば、烏水の「日本山水論」の方が完全だらうし、更にずつとおくれて、寺田寅彥の隨筆、或は辻村太郎の「晩秋記」や脇水鐵五郎の「日本風景誌」等に見られる自然觀察の方が、科學的にはより正確だといふことも出來るだらう。新しい古いは別として、科學者的な文章としての質から云つても、寺田寅彥の方がより純粹である。又「風景論」中の登山案內的な記述の部分が、今日から見れば非實用的になつてゐるといふ時の經過もある。其の他、專門家的な眼をもつて見れば、いろいろな誤謬や缺陷が數へたてられるかも知れない。にもかゝわらず、「風景論」は、それ以後に出た他の多くのすぐれた勞作に對して、比較を絕する一つの特色を持つてゐることは疑ふことが出來ないのである。それは何かといふと、他の著書には見られない精神の或るはげしさである。これが緖論冒頭に引用された「江山洵美是吾鄕」といふ大槻磐溪の詩句をもつて要約され「……靑ケ島や、南洋浩渺の間なる一頂の噴火島、爆然轟裂、火光煽々、天日を燒き、石を降らし灰を散じ、島中の人畜殆んど斃れ盡く、僅に十數人の船を艤して災を八丈島に逃れたるあるのみ、而かも此の十數人竟に其の噴火島たる古鄕を遺却せず、火の熄むを待つこと十三年乃ち八丈を出て欣々乎として其の多災なる古郷に歸りき」といふやうな、凡そ日本の風景について書かれた書物の發端としては、他に類例を見ない激越な前奏曲をもつて、讀者の度膽を拔くのである。すでにこの瞬間に於て、志賀重昂は、日本風景美の特色を、外界の自然の中ではなく、讀者の精神の內側に、一つの確然とした心象風景として設定してしまつてゐる。卽ち不動の國民的常識がそこに自ら成立してゐるのである。「風景論」があらわれて、登山の氣風が大いに起つたとかいふやうなことにはあまり興味がないが、風景鑑賞の國民的常識が、この書の說くところによつて、一應確立されたといふことは、顧みて非常に興味がある。常識といふものは、暗默裡に、徐々に形成されてゐるもののやうに見えるけれども、リードするものがあらわれてはじめてそれは一つの力となる。「日本風景論」は、丁度それが必要とされてゐる時に出現したのであつた。しかしこの書が、若し假に、より平明な幅をもつた科學的紀行文であつたり、より純粹な地質學的論文であつたりしたならば、それは決して國民の自然觀や風景鑑賞力を純一に結成し組織せしめるやうな大きな推進力とはならなかつたであらう。この書が、詩的だとか、文學的だとか云はれることには、なほ批評の餘地があると思ふが、ともかく「江山洵美是吾鄕」の詩想が、この書の聲價を高めたことは否定出來ない。「恰も法華宗徒の御題目が南無妙法蓮華經の七字以外にも、以上にもない如く」と烏水は云つてゐるが、勿論、皮肉のつもりではない。讃美と共感である。仍ち「日本風景論」は、これを近頃流行の言葉を借りて云へば正に、志を述べる文學の一典型であると云ふことも出來る。

この本はさういふ風に激しく且つ娛しい本である。以前には中途で投げ出してしまつたことを想ふと、今日こんなに面白く讀めることは、自分でも意外な氣がする。私は、ところどころで或る抵抗を感じながら、又、その抵抗感の故にひきずられていつた。時には、倦怠そのものが樂しくなつたりすることもあつた。例へば、「日本には氣候、海流の多變多樣なること」とあると、それがすぐさま批評に通じ、主張に通じるのである。こゝろみに目次の一項目を擧げても、それがすでに獨自な型式を持つてゐて、一項目中に包含されてゐる細密なインデックスには、風土に對する著者の專門的觀察と同時に、人間學的考察、乃至は詩的觀想が露骨に反映してゐる。卽ち

一、日本には氣候、海流の多變多樣なる事

日本の氣候――日本の海流――日本の風候――日本の氣候の偏差は多樣なり

日本の生物(四三)――日本の生物は寒熱二帶のもの相錯亙す――日本は寒熱二帶の風物を兼併す

日本の松柏科植物(四四)――松柏は日本人の性情の標準となすに足る――日本は松柏科植物に富むこと全世界第一なり――對馬の海岸――日本は松國なるべし
日本の禽鳥類(四六)
日本の昆蟲類(四七)――日本の蝴蝶――日本の蝴蝶の「同種變形」
日本の花(四八)――日本の禽鳥、蝴蝶の婉麗燦爛たる所因――櫻花と松柏とを調合安排せしものを以て日本人將來の特性となさざるべからず――橘南谿の「氣候」説――日本は一個の島山なり――薩摩、大隅、日向地方の氣候、生物――北國地方の氣候、生物――南國と北國と諸般の比較――中部の地
日本の生物に關する品題(五二)――歐米人の其國に在りて看る能はざる所を取り品題となすべし

の如し。「日本は松國なるべし」だとか「櫻花と松柏とを調合安排せしものを以て日本人將來の特性となさざるべからず」だとか「歐米人の其國に在りて看る能はざる所を取り品題となすべし」だとか、今日すでに國民の自然觀の中核を構成してゐる健全な常識の種々相がこゝに列擧せられてゐる。

更に「**日本には水蒸氣の多量なる事**」と云ふ項目では、日本の諸地方に於ける雲霧の現象について記し、日本が米産國である所因や、四季を通じていろいろな植物がよく繁茂するわけや、石材にすぐ苔が生じることや、茶が日本の主要産物になつたこと等を、各地方々々の風土的諸特質と共に擧げ、その間に、「日本の秋色は北亞米利加、獨逸の秋色に優る」だとか「日本國にして水蒸氣の多量ならざりせば天文地章の洵美なし」といふやうな言葉もある。

「**日本には火山岩の多々なる事**」この項はおそらく著者が最も魂を入れた項であらう。即ち、こゝでは著者の學術的な觀察眼も一層研ぎすまされてゐるやうに見えるが、と同時に、その上に樹ち、それによつて鼓吹された著者の哲學や詩想が、まことにこの項に適はしい猛烈な氣魄をもつて、隨所に火を噴いてゐる。

日本の火山脈――富士帶――火山岩の多在する日本の景色をして洵美ならしむる主源因
日本の風景と朝鮮、支那の風景――朝鮮の地質――支那北方の地質――支那の黄土――支那南方の地質
日本の火山――「名山」の標準――橘南谿の「名山論」――「名山」とは火山の別稱なり
富士山――富士山に對する世界の嘆聲――理學上富士山の優絶なる所――富士山は全世界「名山」の標準なり――千島列島の火山
北海道本島の火山――千島列島より連續せるもの――後方羊蹄山彙に屬するもの――渡島山系の東脈――噴火灣――全世界中雄絶壯絶の觀

本州東北の火山──中央山脈──西岸火山脈──寒風山火山脈
中部日本の火山──富士火山脈──立山火山脈──日本國中の眞成なる「深山幽谷」──此の寰區を跋渉する準備──原人時代の形象目前に映出し來る
南日本の火山──日本海火山脈──白山火山脈──山陰諸國をして幽邃神聖の區域たらしむる所因──阿蘇山火山脈──霧島山火山脈──ラボック博士の英國風景說──英國の風景──英國には火山岩の一大山だになし
日本火山の綠色──日本の火山は綠色にして雅致あり
火口湖──火山力の副產物たる湖──噴起の際生出せる窪地に化成せし湖──「河道を遮斷して化成せし湖」──火山湖の景象──世の「平和」中の最平和の代表者──火山湖と大陸所在の湖──洞庭湖──西湖
玄武岩──岩代の「材木巖」──越後「七不思議」「田代の七ッ釜」──但馬の玄武洞──玄武岩の大觀──筑前芥屋浦大門崎の玄武洞──肥前神崎の「七ッ釜」──肥前神崎より呼子港に到る間の玄武岩──陸中の「岩屋」──鹽原の「材木石」──富士川の「俵岩」──阿仁の「柱石」──火山力の地球に於ける功積──火山力の日本國に於ける功積──羅馬國と火山──歐米文明の淵源火山國に在り──火山、火山岩を頌美せざるは日本人の本色にあらず

　さながら一篇の無韻の詩であるが、殊に「英國には火山岩の一大山なし」だとか「火山、火山岩を頌美せざるは日本人の本色にあらず」等といふ要所々々の極めつけはなかなか辛辣であり、富士山の讃仰は國粹風景論の眞面目を發揮してゐる。

「日本には流水の浸蝕激烈なる事」こゝでは花崗岩や石灰岩に於ける浸蝕が様々な美觀を現出することを擧げ、日本內地に遺存してゐる太古浸蝕の奇蹟にまで言及してゐる。

　以上が「日本風景論」の大要であるが、なほ特に、著者は當時の作家、詩人、畫家、彫刻家等に寄語して「絕大の大作曠世の傑品を新創せんと欲せば、日本國土絕特のもの、即ち水蒸氣、火山、流水の浸蝕に寄託するを要す」と云ひ、風景の保護にあたつては「江山の洵美、生植の多種は日本人の審美心を涵養する原力、此の原力を殘賊するは日本未來の人文啓發を殘賊すると同一般」「名所舊跡の破壞は歷史觀念の聯合を破壞す」と說く。そして最後に、同好の後進學徒に對して「亞細亞大陸の地質系統は須らく日本地質學家の使用せる新術語を以て概括すべし」といふ辭を呈してゐる。

　ところで私はこゝに稍々長い引例を敢てしたが、「風景論」を紹介することが私の目的ではない。前にも云つたやうに、私はこの書を讀みながら、隨所で或る抵抗にぶつかつた。それは時に、重苦しく私の上にのしかかつてきた。それを支へてゐることもなんとなくたのしいやうな氣もしたが、或る場合には、殆んど發作的な反撥が起きた。文章のせゐもあるだ

らう。しかし結局はやはり、私の性情が、この著者の思想は思想として肯定出來ても、それが現實に行動してゐる本然の姿である混沌としたもの、云ひ換へれば、志賀重昂の「詩」に對しては反撥せざるを得ないためである。これは思想の問題ではない、思想の在り方の問題だ。或る作家の詩精神が、それ自身としての激しさを持つてゐながら、又それ故に流動性をうしなつて硬化し、後方に取り殘されることがあることは歴史が屢々證明してゐる。

「名所舊跡の破壞は歴史觀念の聯合を破壞す」と云ふ言葉はなかなか意味深い。この場合の「名所舊跡」とは、著者は何を指して云つてゐるのだらう。烏水は「風景論」が出てから従來の近江八景式や、日本三景式のやうな古曲的風景美は、殆んど一蹴された感があつたと書いてゐる。卽ち、或る意味で、志賀重昂自身が「名所舊跡」の破壞をやつてゐるのである。明治廿七年と云へば、日清戰爭當時であるが、日本の國力は對內的にやうやく充實し、國民の氣風、又やうやく揚らんとしつゝあつた時代である。それは當然、國民の自然觀の上にも反映して、なんらかの變革を及ぼす。又逆に、今度はその變革された新しい自然觀によつて、民心が鼓舞激勵されるといふ作用も生じる。國土は自らの限定された自然の風光の中に、高い象徵をもとめるやうになる。この時に、「日本風景論」出でて、國民に、富士山を見よ、と云つたのである。

富士が靈峰として仰がれ、畏敬されてきた歴史は古い。しかし富士を近代的な意味に於ける日本の象徵として、最もこれを明確に、國民の心象風景の中に設定したのは「日本風景論」の功績であると云つてよい。卽ち、志賀重昂の見た富士は、すでに浮世繪の富士ではなく、むしろ赤外線寫眞の乾板に浮び出るあの豪壯な富士だ。彼は、この富士によつて、國民の歴史觀念の統合をはかり、民族の意志の集中を企圖した。所謂「名所舊跡」は新しい意味と內容をもつて、こゝに力強く更生した。それは私たちの精神の「名所舊跡」となつた。「日本風景論」は、かうして私たちの自然觀、風景觀上に於ける國民的常識をなんらの不自然さなく、養成し鍛へてきたのであるが、國家の政治經濟觀の新しい發展が、遂に又、それを追ひ越すときがきた。私たちの中に形成された自然觀や風景觀は、再び流動性と擴充性を喪失して硬化し、やうやく懷古的色調を帶びて固定しはじめようとする。「名所舊跡の破壞は歴史觀念の聯合を破壞す」と云ふ志賀重昂の言葉から、その詩性が拔けて「思想」の形骸だけが殘る。つまりそれが單なる「國粹」に化する。「風景論」は、今日讀んでも非常にたのしい本であることには變りはないが、そこにくりひろげられる日本の自然の風光には、つねにかういふ反省が陰翳となつて附きまとふのである。それが、時に、精神の濕氣に抵抗し、流水の浸蝕に抵抗するのだ。

しかし、かういふ反省は、突如として出現したものではない。日本の古來の自然觀、風景觀に對する心理的な反撥は屢々見られた。私たちは、この自然を深く愛しながらも、一方に於ては、この自然に抵抗してゐた。たとへば「箱庭趣味」と云ふやうな事も一つの批判である。辻村太郎は「晩秋記」の中で「日本の風物は一方に於て、優しすぎて我々を甘やかす、一方においてはあまりに奥行があつて人を萎縮させるやうに思ふ」と云つてゐるが、これは一般日本人が莫然といだいてゐる氣持であらう。寺田寅彦も又、「日本人の自然觀」といふ文章の結論で、この間の事情を要約して「日本の自然界が空間的にも時間的にも複雜多樣であり、それが住民に無限の恩惠を授けると同時に又不可抗な威力をもつて彼等を支配する、その結果として彼等はこの自然に服從することによつてその恩惠を十分に享樂することを學んで來た、この特別な對自然の態度が日本人の物質的並に精神的生活の各方面に特殊な影響を及ぼした」と說き「この影響は長所をもつと同時にその短所をもつてゐる。それは自然科學の發達に不利であつた。又藝術の使命の幅員を制限したといふ咎めを受けなければならないかも知れない。併し、それは止むを得ないことであつた。丁度日本の風土と生物界とが吾々の力で自由にならないと同樣に、どうにもならない自然の現象であつたのである」と云つてゐるが、いづれも今日の日本人の自然觀の國民的常識を表明したものであらう。「風景論」の中にも一種のあきらめのやうなものがある。志賀重昂は、山を說いても、歐洲アルプス式の氷蝕形や褶曲性を帶びた山岳にはあまり觸れてゐない。日本には氷河だの砂漠などといふものは無いのであるから、日本の地理書では、日本に無いそんなものは詳しく說く必要はない、と云ふ意味のことを烏水に語つたさうである。しかし「日本中央の大山系や、冬間、水蒸氣の多量に因り、氷雪滿積、而して隆夏、其の一たび融消せしもの、今少しく寒冷なる溫度に遭遇せば、更に凍氷して、所謂氷田《グレシア》と化成せしむるや必然、唯だ溫度の少しく高きが爲に、竟に此に到らず、日本に氷田を看るべからざるは大遺憾」云々と述べてゐることは、やはり內心の或る寂寥を物語つてゐる。もつとも日本アルプス中にも、穗高や槍のやうな氷蝕山頂があり、今日又諸所に、氷河の痕跡があることが發見されてゐるから、かういふ慨嘆もあたらないかも知れぬ。これを要するに、それがいかに趣深く、愛すべく、慣れ親んでゐやうとも、私たちを取り圍んでゐる自然の風光は、時に、寂寥と倦怠の樣相を示し、それと對蹠的な異質の自然に對する意識をよびおこすことによつて、人間に一つの反省を强ふることは事實である。

私は、最近、野口米次郎の詩を讀んで面白いと思つた。「青いお椀」といふ近作である。それはかういふ詩だ。

私は見たり、完全なる空の形、
青いお椀、大地をふせたり、
大地に一本の木なく、草なく
ただ赤い土、大海の如くに
空の音律に答へたるのみ。
今日本に歸りて、私は見る、
山嶽高く迫りて、その髯をつき
樹木背のびして、その乳房をいぢる。
あゝ、汝、何故に空の形を損はんとするや、
われ故國の自然を禮讃し來れど、
今汝の無禮を罵る。
山よ、ひれ伏して平面の土にかへれ、
樹木よ、自らを無にして薪となれ。
私は願ふ、再び印度にかへり、
ハイドラバットの海の岡、
赤き砂塵に身を埋め
全き形の空をかぶつて、
その朗々たる音律に和し、
赤き砂塵の一粒たらんことを。

と云ふのだ。私はこの詩を讀んで、「松の木の日本」を書いた野口米次郎を想ひ、そして感心する。私は日本を大きくするものは、この憤懣だと思ふのだ。

しかしかういふ反省や批評は、まだ私たちの心理の一面をかすめるだけで、現實の力となつてはあらわれてゐない。「風景論」が代表してゐる自然觀はまだ不動である。國民的常識となつて固まつてゐる。この風景を心理的に毀損するものは一應疑はれていゝのである。自然の中に様々な文化景觀が入りこんでくると、この問題は一層複雜微妙になる。山腹を匍ふ水力電氣の黑光りのする鐵管は醜いから灰色か褐色に塗つて、景色の眼觸りにならないやうにすると云ふやうな細かい心使ひをする日本人である。大同電力が「寢覺の床」の上に堰堤を築いて木曾川の水を取る設計を立てたとき、寢覺の奇景を保存するために、いかに苦心を拂つたかといふやうな話も聞いた。又、宇治電が、平等院を見下す山腹に、直徑八尺の發電用大鐵管數本を敷設した時に、世人は擧つて、閑雅幽邃な宇治の自然を破壞するものだ、と轟々の非難を浴せた。これは結局、鐵管に沿ふて、松やかしやしひを植樹することによつて解決がつけられたさうだが、かういふ水力電工事の例によつて示されてゐる通り、自然と文化の交錯するところにも、つねに日本人一流の風景鑑賞癖が働いてゐる。かういふ例は外國にもあるだらうが、風景への依存の仕方の微妙なることは彼我同日の談ではあるまい。「日本風景論」の風景は、いまなほ暗默の中に、深い作用を私たちの生活に及ぼしてゐる。詩人の感傷から、科學者の理

論の中にまで、それは一貫してゐるのだ。それに對して、心理的な抵抗や反撥はあるが、決定的な力は持たない。私がもしこの國を離れて、外國に長く旅行するやうなことがあれば私は必ずこの本は一冊鞄の底に入れてゆくだらう。しかしおそらくさういふ日を持たない私には「日本風景論」の自然や風景は、永久の寂寥と倦怠として残るだらう。それに對して生温い抵抗を持續させながら、私は疲れてしまふのかも知れない。私は、實は、私のこの抵抗感をもつと強く支持して、「日本風景論」を解剖し、それを東亞風景論にまで發展させるこゝろみを持つてゐた。その對立と交錯、或は融和について書くのが目的であつた。政治的には、共榮圏の理想と結びつけて、風景圏と文化圏の擴大について、空想を逞しうしてゐた。「日本風景論」に對する私の抵抗はもう少し大きいのであるが、豫定に反して、結局、個人的な感慨を述べる事に終つてしまつた。最後に一つ、覺え書を附記しておきたい。それはリヒトホーフェンが、北支の黃土《ロス》について書いてゐる言葉である。「——乾燥地から風によつて運搬されて來た細塵は半乾燥地の草原に落下して堆積し、長い時日の後に厚い地層を形成する。」

明治十九年二月、志賀重昂は帝國軍艦筑波號に乗つて、オーストラリヤ、ニュージランド、フヰジー、サモア、布哇を視察した。これはダーヰンのビーグル號航海記を想像さすが歸國後、書かれた本は「南洋時事」と題する國策論であつたと云ふ。同二十一年四月には、三宅雪嶺、棚橋一郎等と、雑誌「日本人」を創刊し、國粹保存を强調した。「日本風景論」の著想はその時すでに成つてゐたものと思はれる。

昭和二年四月六日病歿、享年六十四歳。ひどく昔の人のやうに思つてゐたが、とにかく昭和まで生きてゐた人である。

原子論の誕生

J・C・グレゴリイ

宗谷六郎 譯

フエニキヤ人モオカスが「最初に原子論哲學」を考へ出したのだとすれば、彼の名は忘れられてはならぬものだらう。彼はギリシヤ傳説に語られて居り、第十七世紀にもその名は出て來る。即ボイルは、「フエニキヤ人モオカス」は學者達によつて「原子論假説」の創説者だとされてゐる、と云つてゐる。二十世紀の學者は最早そう考へない。何故なら現代の歴史はこの樣な魅惑的な傳説には顏をそむける。原子説の起源は最早トロイ戰役前に名を知られたモオカスの生前のものとはされない。ギリシヤ原子論が二千年以上も前のものだと云ふことは歴史も認めてゐる。原子論學派は西紀前第五世紀アブデラに興つた。レウキッポスが基礎を置き、(譯者註―レウキッポスは更にエレアの人とも、ミレトスの人とも云はれてゐる)彼の弟子デモクリトスが約西紀前四二〇年頃にこれを確立した。アリストテレス(紀前三八四年――三二二年」は、その原子論についての論議の中で常にこの二人を一諸に述べてゐるが、デモクリトスの名の方が有名で、原子論の起源と密接に結びついてゐる。

原子論は、小川の水が末は一つの河に集るように、多くの概念を集めてゐた。單一始元物質の概念は原子論から離れなかつた。何故なら原子とは云はば同一物質の破壞することが出來ないが、種々と變つた方法で結合された塊であつた。空虚、即眞空の概念は原子説に採入れられた。數は物質の構成要素だといふピタゴラス學派の考へ方は、次第に薄くなつてではあるが現代に到るまで、原子論的見解の裡に潜んでゐた。微粒子による効果的説明は全く原子論を發展させた。御酒に水を交ぜること、匂ひの傳播、火が燃え擴がることなどは微粒子の分散によつて非常に容易に解釋出來た。陽光に浮ぶ微塵といつた、自然の中に碎き撒かれた粒子が、總ての物を構成する原子といふ想像を引き起したのである。一つの根本的な動機が初期ギリシヤ思想家の思辨的論爭の裡から原子論を造り出した。不斷の變化の感得が永久實在の觀念に矛盾し、變轉の可能性の感覺は不變たるものの信仰と激しく衝突した。レウキッポスとデモクリトスはこの矛盾を和らげる爲に變化の不變の作者としての原子と變化の不變の舞臺としての空虚とを提唱したのである。

果無いといふ感じほど世に行きわたつた、時としては悲痛な感じはない。「かつて大きかつた國家が今は小さくなつてしまつた。そして又現に大きい國は昔小さかつた。」――とヘロドイスが西紀前第五世紀に浮世の有爲轉變を觀じて云つた。森の枯葉の如く人は散つて行く――とシモニデスは時代の絶えず過ぎ去り行くを嘆じた。「再び同じ流れに足を入れることは出來ない、新たなる水常に流れて止まず」と西紀前五百年頃に「活躍」したヘラクレイトスは絶えず世の遷り變りを譬へた。

フランシス・ベーコン卿は火を消滅する焔の連續と規定して、ヘラクレイトスの流れの生々とした像を示した。常に消滅しながら變らない焔、永久とみえるものの眞の型、薪の絶え間なき火への變形、そして同じく絶え間なき火の煙への轉化、はヘラクレイトスにとつて萬物の根底にある永遠の流れのまぎれもない實例であつた。人間自身がその財產と同じく、果無い浮世と同じく變りやすいものであつた。人間の精神は思想と感情の不斷の轉移であり、身體は滅失と補塡の永久の過程であると、ソクラテスはプラトーの饗宴で云つてゐる。人間の身體、心、財產、そして周圍の世界、は絶えず變轉したのであつた。哲學者達を招べ、パルメニデスを除いて、とソクラテスは更にテアヱテトスに呼びかけた。彼等と共に詩人達も招べ、彼等は皆云つてゐる、存在するものなし、萬物皆生じつゝあれば！と。この消滅の生々しい知覺はギリシヤ原子論の第一の源であつた。

第二の大きな源流がある。ギリシヤ人はその目で轉化を信じたと同じく心では眞の實在は變化しないと確信してゐた。若し萬物變遷し、何物も止まることがなければ、知識はあり得ない、とソクラテスはクラチュルスに言ひ張つた。第三世紀にプロチノスは舊い強い信念を聚めて、眞に實在せるもの決して滅びず、と衒へた。ギリシヤ人は萬物は變化する、否變化すると思はれると觀た。同時に眞なる物は變化しないと同じように確信した。この生々した不滅の實在の知覺は同じように生々とした消滅の知覺と衝突した。ギリシヤ精神は世界の轉變の可能性とその思想の永久的實在性の間に引き裂かれた。この撞着は原子論に重大な結果を與へた、即原子說は永久の實在性の避けがたい知覺を、變化せざるものの變化を假定することによつて調整しようと必死の努力をなしたのであつた。

トーリイ黨員は「ヂスレリー Disraeli」といふ名を I lead sir と書き換へ、ウイッグ黨員は idle airs と書換へた。語綴轉換術は原子論にあつては說明力をもつてゐた。多くの文字が多くの單語を造る樣に、種々の形や大さをもつた、多くの原子が多くの事物を構成した。文字にて造られた單語をもつてする原子で出來た事物の類推は永い間原子論者の好んで用ひた說明であつた。アリストテレスによれば、レウキッポスやデモクリトスは、A と N との如き、形の相異、Z と N との樣な、位置の差異、又、AN と NA との如き、順序の相異を强調した。異つた物體は、それを構成する原子が異つて形成され、異つた位置に置かれ、異つた仕方で結集されてゐるから、異つた性質を持つたのであつた。無限に相異のある原子の無限が種々様々に組み合されて、變化に富んだ萬物の世界を造つたのであつた。動き廻る原子、その運動する空虚な場處がレウキッポスとデモクリトスの不變の實在性であつた。各原子は自己の永久の大さと犯されることのない自己の形をもつてゐた。閃めくことのない空虚、即完全に靜寂な空間は、靜止することのない原子が永遠であると同じく、無爲不變であつた。無限數の原子が、それ自身は不變の空虚の裡に轉化しないのだが、飛び廻り、衝突し、迷ひ歩き、もつれ合つて世界の不斷の變轉を造り出すのであつた。

宇宙論は普通萬象が宇宙的過程を開始する宇宙創成の瞬間から始まらねばならない。デモクリトス流原子論の宇宙開闢の瞬間に於ては、此の様な瞬間について語る事が正しいとされる限りに於てではあるが、空虚の無限の擴りの中に亂雜な原子の一大群が擴がつてゐた。騒々しく馳け廻る原子の雜沓が、その裡で或原子は散らばり、他のものは絡み合つて宇宙の事物や世界を形成したのだつた、この雜沓が、或種の宇宙創造説に於ける、森羅萬象の生れ出た原子論的卵ともいふべきものであつた。レウキッポスは明かにこの群り合ひつつ擴散してゐた時代以前にそれに先立つた一大空虚の裡の單一な「涯しない」塊を考へた。原子は皆夫々様々な形をもつて、この涯しない源泉から碎け出て空間を通じて群つたのだつた。原子が「無限から切り離され」「一大空虚」の中に投ぜられた時にその騒々しい群りが原子論的説明の特異な創造的働き合ひとなつて行つたのであつた。

傳説の原子、眞性の原子は共に全く碎くことが出來ない非常に微小なものとされてゐる。原子は分割することの出來ぬものであつた。何故ならレウキッポスによれば余り微小で分割出來ないものであつたし、デモクリトスにとつては固過ぎて割れなかつたのであつた。デモクリトスは原子にあらゆる形を認めてゐた。だからデモクリトス流の原子の一つはそれだけで、或人が云つた如く、世界と同じ大きさでさへあり得たのだ。若し巨大なデモクリトスの原子がかつてあつたとすれば、それは原子論の傳説から消えてしまつたのである。續くエピクロス派の原子も又割ることの出來ぬ程固いものであつたが、又余り小さくて見えなかつた。ただ思惟のみが識別することが出來たのであつた。それは疑はしいものにもならなかつたし、明かに思辨的なものにもならなかつた。何故ならエピクロスにとつては原子は眼で見ると同じ様に確實なものがあつたのである。

デモクリトスの「活躍した」西紀四二〇年、後約一世紀して、デモクリトス學派のナウシレァネスの弟子、エピクロスがその哲學を原子論にした。エピクロスはヘシオードが「渾沌」によつて示したものを教師が説明して與れなかつたから哲學に轉じたのだと云はれてゐる。彼の生國に於けるひどい傳説や塑像によつてみても、彼の強い個性——敵としては苛酷な、友としては熱烈な——がよくわかる。不幸にも彼自身他の哲學者を、デモクリトスをも、自分の獨自性を立證するために、罵倒した。併し原子論は、デモクリトスが非常に有名ではあるが、エピクロス的な形に於て擴く統一されたのであつた。現代の歴史家も、エピクロス的原子論について、他のどの古代原子説よりも完全な記録をもつてゐる。ギリシヤの觀念がローマに傳はると共に、原子論も傳はつた。西紀前第一世紀、ギリシヤ思想がローマに落ついた頃、ローマ詩人ルクレティウスはエピクロスの原子論を詩に歌つてゐるルクレティウスの「事物の本性に就いて De Rernm hatura」世界最大の詩の一つである。それはエピクロスの原子論を忠實に語つて居り、或は飜譯されて、現代讀書人の机上に横はつてゐる。ルクレティウスはここで他でもやつてゐるように、エピクロスに從つて、宇宙創成時について新しい見解を導入し、エピクロスと同じく、原子に重さを與へて居り、若干の詳細な點の解明に於てデモクリトスの原子論と相異してゐるものの、「事物の本性に就いて De Rerum hatura」はギリシヤ原子論の傳統の根本的な一様な性格を表はしてゐる。吾々はルクレチュスを通じてギリシヤ原子論を知ることが出來る。

ルクレティウスの「事物の本性に就て De Rerum hatura」は原子的に構想された宇宙の繪圖を描き出した。無限の測り知れない空虚「見えない空間」が涯限なく擴がつてゐた。若し空虚が廣いが涯があるとすれば、その限りのところまで歩かせてそこで槍を投げさせるとよい、とルクレチュスは奬めてゐる。槍は遠くへ飛んで行くか、何物が突き刺るかである。どちらかになる、そしていづれも「總て到る處に擴がつてゐる」ことを示すのである。かくて空間は何處までも擴がつて居り、空虚の終りはなかつたのである。この涯し無き空虚が宇宙の大舞臺であつた。役者は無限數の原子であり、それ等は余り小さくて見えないまゝに動いてゐた。夫々特有の大さと形をもつた原子の一組があり、その一組には無限數の原子があつた。宇宙創成時に原子は豪雨の如くそして信じ得ない程速い思惟の速度をもつて測り知れぬ空虚に降り注いだ。その大さに比例して、小さい原子程輕く、大きい原子程重かつたが、この宇宙創成の際には皆一樣に閃く思惟の速さで降り注いだ。この原子の烈しい奔流は永久に光を奪ふ降雨から永遠に別れた雨水の如く空虚の中を永遠に奔流しつづけたかも知れなかつた。原子は空虚の底に流れて溜ることはなかつた底が無かつたのだから。同じ速さの原子がそれぞれ自身の場所を落ちて行くのだから、互に衝突することもない筈であつた。が落下は無限ではなかつた。何故なら原子は、時々、そして處々で、逸脱して衝突を起した。かくて原子の速い、眞直な一樣な宇宙流は種々な、創造的渦動に突入する。原子論は常に世界と事物の宇宙的鳥瞰圖をこの渦動から造り出したのである。或る原子に衝突し、跳ね返り、又激動し、或る原子は單獨で尚空虚を馳けた他のものは轉々と動く群と步調を合せ或はもつれ合つて事物を作つた。かくて變轉する宇宙は時々歪みながら飛ぶ原子から生成したのであり、永遠無限の空虚の中に轉變するのである。

エピクロスは明かに原子論に最初の空虚裡の落下、そして原子の定まつた重さを附け加へた。ナウシファネエが彼に重さを加へる樣にしたのかも知れない。ルクレティウスはエピクロスの原子論を忠實に傳へると共に、それに詩の華麗さを加へつゝ、原子の却初の空虚中の烈しい落下とその固有の重さを保存した。原子はその內部の重さによつて落下し、宇宙創成時に空虚は何等の抵抗をもたなかつたから想像に絶した思惟の速さで進んだのである。デモクリトスの原子論では、明かに、原子はただ空虛に何等抵抗がなかつたから動きまわつてゐたのである。

エピクロスは又有名な歪みを附加し、ルクレティウスはこれを彼の詩の中で繰り返した。この歪みがエピクロスの宇宙創成の最初の時期、空虛中の落下を、傳統的な原子の渦動に轉化せしめた。この渦動は原子論の云ふ創成期であり、デモクリトスの宇宙創成時代であつた。レウキッポスは單一の無限大の塊を空虛中に砕き散らすことによつて、原子を渦動狀態に陷し入れた。エピクロスはこの原始的な破碎の代りに歪む落下をもつて來た。この任意に考へ出された歪みは原子論が他の處で要請する因果の嚴格な連鎖から脫れる瞬間であつた。かゝる一時的不確定性は多くの批評家にとつては不合理な說明方法であつた。キケロがローマで西紀前第一西紀の原子論を檢討したとき、彼の協同者の一人は討論に於て この樣に任意な原因のない歪みを信じられない細工だと非難した。

原子論はエピクロスにとつては不可避な演繹の說得力をもつたものであつた。この信仰も、原子の力學が細い點の解釋に、力無く弱いものであつたら、しまつに終へぬ世界に入り込んで破れてしまつただらう。併し原子論は固體、液體、氣體の判つきりとした說明を提供した。エピクロスは原子の力學を磁石の鐵を吸引することや、その他の現象の說明に應用した。原子論はこの場合エピクロスの原子論は、ルクレティウスの詩の描寫の中でこの說明力を示した。

空虛の裡を垂直に落ちる原子が歪んで亂れた群になつても尙動きを止めない。こぐらかつて固體となつて終つてもまだ烈しく動いてゐる。明かに靜置された鐵棒の中で動きまわつてゐる。高い山の上から眺めた遠方の戰鬪は「靜かな閃き」と見える。だが兵士は彼方此方と馳け廻り切り結んで單一の鈍色の中へ絶えず雲崩込んでゐるのである。原子も同じ樣に揉み合ひ乍ら單一の靜止して見える鐵の中で押し合つてゐる。鐵が固いのはその原子が枝を持つてゐて互ひを捕へガッシリと固つてゐるからである。固體とは原子が一團となつて押し合ひながら絡み合ふこぐらかりのことである。押し合ふ原子が小さすぎて目に見えぬから鐵の揉み合ふこぐらかりが動かない塊と見えるのである。指が鐵や、石に、固さを感じるのは絡み合ひ押し合ふ原子の緻密な塊が抵抗するからである。液體は違つた集り方をした原子である。ルクレティウスは掌から水を飲むのと罌粟の種を吸ひ込むのとを比べた。液體の原子はより滑かであり、圓いから罌粟の種子が吸込まれ或は撒かれるときころがる樣に互の上を越えて轉がるのである。大洋の塩水の中では滑かな原子の間を鹽の粗い原子が轉る。それで海水を口に含むと舌の上をこの鹽の粗い原子が擦つて辛い味がするのである。酒石は棘のある原子が舌を刺すからヒリヒリする。煙や雲、更に又焔の中では原子は舌狀をなして散らばつてゐる。身體の細孔に浸み込み、物體を包み、緣どり、絶えずその原子を打當る薄い空氣は分散した騷ぎ廻る原子によつて出來てゐると云ふのであつた。

ルクレティウスが空氣を歌つた時目に見える程速く動き廻る內部の原子の世界の激しい動きを表現した。原子は常に萬物から、鐵や石からさへも、流れ出る。同時に他の原子は絶えず事物に流れ入る。

かくて、大きな容器であり源泉である。空氣は時間毎に、否一瞬毎に變化する。身體は原子も取り入れるよりも多く失ふとき衰へ、失ふよりも多くを得るとき生長し、或は得失が常に平衡するとき、そそり立つ山の巖の如く、「定まつた新陳代謝」を保つのである。靈魂そのものも原子が突進し押合ひ縺れ合ふ轉變する原子の世界より成り立つてゐるのである。極く小さい、まん丸い、非常に活潑な原子よりなる空氣が溫度の如く身體に入り込み纒つてゐる。身體が歩むときは靈魂の原子が內部から刺戟したのであり、入り込んで來る空氣の力をかりて、船が揖や風で運ばれる如く身體は運ばれる。精神の敏速な思惟もその原子の速い運動であつたのである。

斯くてルクレティウスは、エピクロスの如く、レウキッポスやデモクリトスの如く、自然の變化、人生の有爲轉變を説明するために變化しない原子と永遠の空虛とを提唱した。原子と空虛が不變だから永續があつた。原子が動き混合し、絡み合ふから絶えざる變化があつた。世界のあらゆる事項は原子的に構成された。宇宙は永遠の空虛の中の不變たるものの變化であつた。

原子は、最初の宇宙雨の際に曲ることによつて永久的宇宙雨の運命をまぬがれた。原子は更にその宇宙遍歴に於て時々曲ることがあつた。かくの如くして「生物の自由意志」が「運命から摑み出された」のであつた。若し原子がこの樣な時々の曲歪に於て新しい運動を開始することによつて「運命の約束を打ち破ら」なかつたら、如何にしてこの自由意志が摑み出されただらう！とルクレティウスは云つた。斯樣にルクレティウスは、エピクロスに從つて、原子の曲折と人間の自由意志を認めることによつて、デモクリトス原子論の運命論的嚴しさを和らげた。

原子説は豐富な解説をするが出來た、視覺に、訴へる説明を提出することが出來た。ルクレティウスは蛇の脫皮や蝗の脫いだ「ダブダブの上衣」を指摘した。多くの物は、原子を注ぎ出すとき、膜か皮の樣に自己のわづらわしい像を脫ぎすてる。蛇や蝗は時々脫ぐだけである。しかも脫皮は動かない。原子の流れは常に定められた像を次々に速かに作り出すのである。個々の些細な像は微細で一つ一つは見えないが、その流れは目に見える。ルクレティウスの論法によれば、風がそうである。個々には見られない粒子が多く集つて一吹き毎に身體を打つのが感じられる。遠方の塔は絶え間なくその像を脫ぎ目に速かに注ぎかけるから見えるのである。この事物の寫像は生地は細かいが數が多く非常に速い。萬一溜の水が輝く星の下に撒かれたら、星空の澄み閃めく映像が「鏡に映る」如く直ちに見られる。「大空の彼岸」の像が「大地の此岸」に非常に速く落ちて來る。光は小さい原子の流れの中を太陽から素晴らしい速さで進む、同じ速さで物の像も傳へられるとルクレティウスは歌つた。

ほのかな像の閃く速さは更に説明を進めることが出來た。薄い膜は岩に當つて裂け、ガラスの間をくゞり、輝く水には破れずはね返される。かくて岩を透して見ることは出來ないし、岩は光を反射しない。併しガラスを透しては見えるし、鏡は反射する。流れ出る像は常に餘りに脆くて眼に眞實を語らない。四角の塔は屢々遠方から見れば圓く見える。像は確かに四角で出發するのだが、空中を通る間にその尖端はにぶくなり、するどい角は圓くなる。かくて像は目を敎へると共に又欺むくといふのであつた。

説明は更に飛躍する。目に見える物を常に覆ふてゐる像はその本當の類似物であるが、決して眞の皮でない。僞像は決して空中に生れることはない。原子は時々集つて數多の形をつくるがその形は眞の物か僞の物かをまねるのである。眞物の像や、自成の僞像は、常に空中を飛び廻つてゐる。それは醒めてゐる人にも來、睡眠中にも來る。恐しい形で眠りを醒ます、夜の夢像も冥途から浮び上つて來たものでも、生きてゐる者の間をさまよふ影でもないのであつた。

偶像や形像は數多くあつた。それ等が空中を徘徊し出會はし、薄いから、蛛蜘の巣家や金箔の如く雜ざり合つた。かくてもし馬の像が人間の像と出會すと半人半馬の怪物が飛び出した。この様な混像は餘りに脆くて目に見ないが、身體の細孔を通つて心を刺激し感じられる様に思はれるのであつた。若し非常に微妙な映像が記憶か想像か夢で心を刺激するときは、「目で見ると同じく心で見る」ことがあつたのだ。とつくの昔に土になつた故人は、その過去の像が心を圍むとき再び生きてゐると思はれた。神の聖體からきた像さへ人の知性にその神聖な姿を具現するのであつた。

原子説は、思索が最初模索する如く、その道を探り進んだ。それを成熟を確實に見透さなかつたと云つて責めるのは、どんぐりを樫の木でないと云つて叱るようなものでわけの判らぬ話しである。ギリシヤ原子論は主として思想發展の一様相として意味がある。

磁石の鐵を引き寄せる神祕な力が説明を求めた。原子論は、他の自然現象の説明と同じく、この神祕をその方法によつて説明せんと試みた。「種」が「潮の如く」磁石から流れ出て、鐵との間の空中を押し進む、とルクレティウスは書いた。鐵の結びついた原子がこの空虛に陷入し、「見えない鎖」で石に結び付くのだ。鐵の背後の空氣が、押しかゝり、細孔に流れ込んで、鐵の中の「深藏された」空氣を押しつけて、磁石への運動を增加する。ルクレティウスは更に別な説明をした。卽ち鉤とその眼に於る如くにして鐵と石は結ばれてゐることを仄めかしたが、この様な説明の仕方は古代原子論の方法を示すものである。

ギリシヤ原子論は無限時を通じて絶えざる流れにみたされる無限空間を冥想した。その中に世界は常に滅び且生れたのであつた。

（「原子論史」第一章）

能の座

倉橋顕吉

端座　ひとびとは瞑目。
謡ひ出でる
現世無常。

笛自ら冴えわたり。
鼓は　むしろ
脂ぎつた掌をはぢく。

心とほく。
海のみえる。
備前兒島。
藤戸の渡しよ。

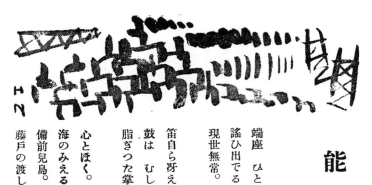

武士は無言。
怨じて狂ふ　漁師の靈。

歴史の牲はさらに名もなく。
ひとの命のかなしさや。
おろかの浮世。

シテの手　一本の杖に
幾尋の海は
ゆれてたゆたひ
沈み墜ちる　庶民の憤懣。
ひとり　うつつなく。
おれは海を嗅ぎ
おもつたい潮に噎せてゐた。

詩性の本質などに關する覺書

平野威馬雄

こどもは、おさなくして何の意味もわきまへないながら、あやしげなる唇をふるはせ、わたしたちにはわからない意味あり氣なおしやべりをします。

そして、あながちそれはみどりごが母胎にゐた時に感じた深い祕密の表白でないと誰が云ひ得ませうか？

世界には概念の形にするとき、ともすればすぐ姿をかくす神がねむつてゐます。

その神はよしやわれらの肉眼に見えないとしても、また、考へえられないものとしても、すくなくともそのえもわかぬふかしぎの聲の調べだけは、われわれの深い胸底に夢のごとくに通つて來ます。

×

みどり兒は母胎にあるとき、かうした神のものやはらかな子守の唄によつてつねにあやされてゐたのです。

されば、この世に生れ落ちて、すぐ語るものはあやしき他界の祕密なのです。

わたしたちに、その意味はわからないが、遠い昔に、どこやらできいたやうな覺えのある祕密です。

×

私はここに、音樂の本質をさぐる黄金の鍵を得たやうな心持がせずにゐられません。

「他の藝術は現象の再現であるに反し、音樂こそは宇宙意志そのものの言葉である」と、云つたショペンハウエルの言葉には動かしがたい眞理が宿つてゐるものではないでせうか？

音樂はまことに、天才といふ淸いみどり兒の、泉の如き心から、あふれて來た神そのものの言葉ではないでせうか？

そこには語りえざる世界そのものの忍び音があるのではないでせうか？

純粹の音樂には題名があたへられるものではありません。

これはかなしめる人ととも、幸なる人をもなぐさめうる妙なる神泉であつて、この世の概念であらはせる意味は一つも含んでゐないからです。

それはよろづの現象や、われわれの言葉の生れるまへ、久遠の昔より存する深玄なる祕密そのものゝ發する言葉だからです。

しかし、みどり兒はいつまでもみどり兒ではゐません。

無限不死の世界よりこの有限界へ出できたつて、やがて、ここにもろ〳〵の複雜せる心の花をつけます。

今迄あらゆるものが、あたかも、夜の海のごとく渾然として純一無二であつたところより、概念や言葉の帆が往來するのが見られるに至り、もろ〳〵の感情が、色さまざまの波紋をば描き、幽冥界は一躍してここに差別の衣をつけます。

×

これと等しく、最も原始的な藝術たる音樂

から、人類の心が進步し、分化し、慾望が複雜になるにつれて、多種多樣の藝術が生れました。

夜より曙の薄明が生れいづるがごとく、詩歌はやがて、その產聲をあげ、その薄明から白々とした眞晝が生れるが如く、劇や小說がおのおの人間それぞれの慾望を充たすべき使命を抱いて、やがて人の世にあらはれて來ました。

それと同時に、一方人間の意識上に時間と空間との分裂がはじまり、流るる音樂の一瞬をとゞめてこれを空間的に擴張し、固定しようとする美術が生れました。

いかなる未開國にも存するのは、音樂と詩歌と美術とです。

×

かの馬さへも、おしよせる波の調べに耳をかたむけ、牛はその首につけられた鈴の音をよろこぶといひます。

しかし、いつよりか、詩歌は小說、劇と共に、文學といふ總稱の下に包括され、誰も之をあやしむものがなくなつてしまひました。

時には又、散文とひとしき見地より詩歌の批評を企てるものさへ少くありません。

もとより曙は夜でもなければ晝でもありません。一見晝に似たりとは云へ、夜のうすぐらい影は、なほもその薄明の奥にためらつてゐます。

ちやうど、それと等しく詩歌は概念をもつてする形式に於ては他の文學と軌を一つにしますが、その內容と精神とはむしろ音樂に近いものではないでせうか？

いとけなき子が、まはらぬ舌を動かして、なんらか聯絡のあるこの世の言葉を始めたとき、それは無限の世界から有限の世界へ、神の世界から人の世界へ、本體の世界から現象の世界へ、無意識裏より意識界へと越す閾の上に立つた時です。

×

かういふ一線の閾の上に立つた幼兒にもひとしい詩とは果して彼此いづれの國に屬してよいものでせうか？

强ひて、かの曙を晝の世界となすごとく、詩歌を文學の名の下にいだいてしまはうとすれば、それはあまりに詩歌の本質を忘れた分類法ではないでせうか？

曙は之を夜と呼んではなりません。晝と呼んでもいけません。よろしく、詩歌は、いはゆる文學、音樂より獨立した一つの藝術として獨特の世界を有するものと見るべきではないでせうか？

これは單なる分類の問題ではありません。本質上の問題、從つて詩歌批評上重面な問題とするに足ると思ひます。

×

音樂は知り難く測り難い他界の祕密そのものの忍び音です。が、われ／＼は他界より出で來つたものなりとは言へ、今はこの可見の世界に住つてゐるのです。

われ／＼の深い魂の奥には奇しき無限の神が眠つてゐるとしても、われ／＼の姿は有限の肉身です。

心の奥なる識閾の下には、沈默と融合とをきくゆかしき靈能が宿つてゐるとしても、明確に事象を把握し得る能力は、識閾上に存する概念と感官とに依賴しうるばかりです。

我々には妙音しらべ高き音樂をきく時、玄妙ふかしぎな無限界の祕密をひしひしと胸に感ずることは出來ます。しかしそれはちやうど夢の御空にえもわかぬ雲影のすぎゆくにひとしく、有限界の人間は、それを明らかにつかみ、的確に解し、且つは又、長く之を保つておく手段をば知りません。

音樂はあまりに神に近い藝術です。

さらば有限と無限との融合體たる人間、直觀と概念との兩者によつてのみはじめてよく神の言葉を人間の言葉をもつてあらはし、又かくもふかき眞實をば固定的に、しかも明瞭にきき得る、人間にとつて最もふさはしい藝術は何でせう。

元來、世界は無限を有限であらはしたシンボルです。

それを又有限無限の合一體である人間がきくのです。

限り知れない魂の夢を肉體の花びらで包んだ人間がきくのです。

藝術とは、かういふ人間を父とし、かう云ふ世界を母として生出れでた美しい愛兒《まなご》なのです。

（音樂は、時に全く、この母の方を缺き、ために、我々に一層直接でありながらもつかみ樣なきものとなることもあるとはいへかういふ人間を親としてゐることに疑ひはありません）

×

ですからまたかうして生れ出でた愛兒のうち、最もすぐれたものは何でせう？

これはあへて私は「Poesie」であると云ひ度いのです。

小說も劇も詩歌の境にくらべれば遙かに遠く有限的人間的概念的意識的現實的です。

明瞭複雜ではありますが、詩歌のごとき神韻と無限の暗示と、神そのものの聲よりは性質上どうしてもはるかに遠ざからざるを得ない白日の藝術です。

×

美術はいかに苦んでも、あまりに空間的固定的です。

元來多くの場合藝術は萬象のうちのあるものゝなかに自己の生がすゝりなき、うたひ、悲しみ、をどつてゐるのを見、自己のうちにそれが生命を得て輝き出づる偉い一瞬の產物です。

それは形なき內心の感動が有形となり、有形がそれによつて魂を得る金色燦たる一瞬時であります。

主觀と客觀との意味深き舞踏より生ずるシンフォニイです。

この見地よりすれば、美術とは、あまりに客觀化せられすぎた藝術品ではないでせうか？

音樂は之に反してあまりに神祕的であり、主觀的であり、流動的です。

それは、とらへ得る客觀的の形を欲する人間の心を滿足させるには、あまりに遠い神の言葉です。

×

しかるに……詩とは何でせう？

有限の世界につきざる無限のこゝろをきゝ無限の世界を有限の言葉をもつて形づける不可思議な構築です。

それは水平線で天と海とが一線に合するが如く、神と人と無形と有形とが溶け合つた境です。

しかもその沈默は常になにものをか語り出さんとして、赤き唇をふるはしつゝ、言ふ言葉なきに苦しんでゐます。そしてそれは、やがて、ある時、天才のうちふるふ胸を透して流るる水のごとく語り出でます。

この時、音樂は神と嬰兒との、とらへ難い言葉をもつて語り、詩人はやさしき人の世のとらへやすき言葉をもて語るのです。

×

ピイタアはその「ザ・スクール・オヴ・ジオルジョーネ」に於て「すべての藝術はつねに音樂の境にあくがれる」と云つてゐます。

ヴェルレエヌにも有名な De la musique avant toute chose といふ一行があります。

×

私は藝術がその内在するものの本質を忘れない樣に、すなはち此の世にあつても、母胎にゐた時の祕密を忘れないやうにとの意味に於ては、かう云ふ近代の一般の傾向をよろこぶものですが、しかし、あやまつてあらゆる藝術が眞に音樂と同じ樣なものにならうとすれば、それは恐るべき誤りの主張だと云はずにはゐられません。

元來、無限と有限とがますます融合し、また複雜になつてゆくところにこの世界の偉業がある筈です。そこにそれを統一してゐる神の生長があるのです。

あくまで本質たる無限を忘れないでますます多くの有限が生じ、分化が生れてゆくところに人類の發達はあります。

それを再び最も原始的な混然たる無差別の社會にかへさうと夢みたり、あらゆる人の心を再び母胎の闇に眠り去らしめようとするものがあつたなら、それは分化は進步の記號であるといふ世界の大原理を知らないものの言葉です。

神の生長を許らないものの夢です。

すべての藝術にはそれぞれの特色があり、從つて夫々存在の意義と價値とがあります。

その奥底にひそめるエッセンスとして音樂的氣分の忘却を戒める事は實に結構ですけれども、おのれの特色を忘れて純然たる音樂に歸一しようとするものがあれば、それはあまりに幼稚な考へ方であるといふ譏を免れることはできますまい。

もし、しひてなべての藝術が、あくがるべきものがあるとすれば、それは、かの神と人間との抱擁である Poesie の世界にありと云ふべきではないでせうか？

それは音樂のごとく無形そのものだけの舞踏でもなければ、魂だけのすゝり泣きでもありません。

それは肉體と形とをもつた靈魂の姿、最も人間にふさはしいシンボリズムの三昧境だからです。

×

マティエールとフォルムとの融合といふことも、ペエタアの云ふごとく、音樂にはなくて、むしろ詩歌にありといふべきではないでせうか？

×

このシンボリズムの世界は、人間が人間の言葉をもつて神と語りうる唯一の世界でありとらへ得る形をもつて音樂の眞髓を發揮し得る唯一の境です。

それは神の夢が花となつて、人間の庭に咲いた曉です。

無限と有限とが、よく一致して燃え上る世界です。

永遠不可見が音樂の樣にたちまちにして消え去らない、見ゆべき姿をとつた形です。

また、ありとある見得べきものの奥に、不可見界を知つたものの讃歎です。

×

この世界に一度足をふみ入れたものは、如何なるものにも限りなき神の心を見ます。されば、あくまでこれを徹底せしめんとすればいつしか宗教にならむとしてなり終らざる所に、この境の微妙な相はやどつてゐます。

×

元來偉大な藝術家には、單なる藝術の世界を脫し、宗教の天《そら》に上らんとして、しかも上り得なかつた人々が少くありません。

レンブラントやトルストイはどうですか！

レオナルドやヴェルレエヌは？

一般に人の心が深くなるにつれて限りなく宗教に近づいてゆきます。

無限に對する醒めたる陶醉、さては火の如き熱情や敬虔さなどが生れて來る。あるひは複雜なる人の心が集中し來り、又は多樣にして統一不思議なる外界に對する觀照が進むにつれて、それらを渾然統一する深刻なる「永遠」の欣求が湧き上つて來ます。

そしてその「永遠」は、もつとも具體的に完全に、そして明瞭簡單微妙にして、力强く綜合的のものたらむことを欲するのです。

しかし、かう云ふ超越神に近い神は、一旦理性にさめたものにとつて、なかなかに信ずることは出來ない。

併しながら、宗教になり終るの時は藝術破產の日です。

人間破滅の末日です。

しかも單なる藝術の境を棄て、あくまで宗教に憧れるところに眞の藝術は生れ、肉そのまゝに神にならんとして絕えず祈る所に人間精進の極致はあります。

されば、天に上らんとして上り終らず、深刻なる祈禱と、醫し難い苦悶と、心醒めたる陶醉と、熱情と、理知と、精進と、讃嘆との入り交つた微妙界に入つた人こそ始めて人間として步みうる最上の路を進み進んだのです。

そしてこの境は有限が無限にならんとしてしかも人間にふさはしくも有限を忘れざるシンボリズムの境です。

あらゆる所に息吹きを吸ひながら、一人なる神を見出しえず、陶醉しながら悲しみ、悲しみながら朗らかにゐる境です。

常に常に神を見出しつゝ、しかも人間性は失はぬ境です。そして、そこに個性の力が働き、あるひは陶醉の勝つた三昧境に入つた詩を歌ふ人もあるでせう。

あるひは、有限が無限にならうとする精進努力がみなぎつてくれば、ここにエラン・ヴィタル風の絕叫をする詩人もあるでせう！

思想が熱情に溫められゝば、冥想的な詩をなす人もあるでせうし、苦悶にうもれた素朴なトーンを出す人もあるでせう。

×

しかし、いづれの詩にせよ、すぐれたものであるならば、その中に皆無限が有限の形を帶び、溶け合つたり、爭つたり、有限が無限の清い泉に洗はれる喜びや、有限が無限にならうとする高尙な心の努力や、それから生ずる法悅や、悲しみや、絕望がある筈です。

×

そしてかういふ狀態の下に生れるポエムが神の鼓動とも云ふべきリズムを學び、神の吐息とも思はれる音樂をばなつかしむのも尤もなことと云はなければならない。

されば、僕は、その誕生の上から云つてもあるひは又、他の藝術との比較から云つても人間の性質、世界の性質から云つても詩が最も人間にふさはしい尊い藝術であり、更らに且つこの境に入つた人が最も深くして、僞りのない眞實の生活を營んだ人だと敢へて斷言したいと思ひます。

もちろん私は、天賦のあるもろもろの藝術家が、宇宙の秘密をきくにそれぞれ異つた尊いテンペラメントのあること、そしてそのいづれにも價値のあること云ふまでもありません。（岡本春彥遺稿を主として）

—一九四一・三・十日　於三河島寓—

最後の扉《ドア》

關根弘

都心を山手へオーバーしてゐる此の驛は、同じラッシュ・アワーの混雜でも、有樂町や東京驛に比べればそれほど酷いものではない。昇降する人の大半は、時間にしまりなく利用する學生であるが、僕のやうな勤人も少くはない。

夕方五時から六時頃の間が最も混雜する時で、高臺の蔭にカーブしたレールの上に最初の車輛が姿を現はしたのを見つけて慌てゝ改札口に一刻を爭ふ人々が多く見受けられた。すこし急げば間に合ふのを落着き拂つて見送る人もあつた。女學生や女事務員達は改札口の脇にある長椅子にかけて大抵は友達を待合せて歸つた。

其等の人々は高臺の方から何處からともなく集つて來るのであつた。濠を越えた向ふには和洋折衷式の屋並が群れ、その屋並をたち切つてVの字型にせり上つた繁華な坂があるが、その方面から來る人は少かつた。

驛夫が殆んど鋏を使ふ必要がなくなると、常は二つの改札口が三つ開き、その時分此の驛から總武線の臨時增發が出た。しかし、それに乘る人の數は僅かである。多くの人は中心部に向ふのか、反對の方向に向ふのを待つのであつた。

僕は幸ひ總武線に乘つて歸るのが便利であつた。だからどんなに混雜する時でも、必ず坐席を占める事が出來た。そして僕は此の一ケ月以來、運勢を占ふやうに最後の車輛の最後の扉《ドア》から入つて向ひ側の右の席を必ず選ぶのを日課の中に繰入れるやうになつた。この電車は次の驛でも乘る人が少いが、その次の驛でいつも滿員になつた。僕の運勢はこの二つ目の驛で占はれる。が、あれ以來、隣に坐るのは埃臭いオーバーを着た勤人か、にきびを吹いた學生ばかりである。僕は空しく彼女を待つてゐる……。

二月も末の或る日のこと——茜雲をひき千切つて空には風が鳴つてゐた。僕はオーバーのかくしに手を突込んで、やゝ首を左に傾けてゐる長い自分の影を見つめて歸つて來て、ふと、これは前姿だらうか？　後姿だらうか？　といふ疑問に囚へられた。勿論、それは後姿だと悟つたが、彼女を回想するに當つてこの記憶は切離し遠ざける事が出來ないものとなつた。子供の時分に夕陽を背に負つて影踏みごつこをした其の頃から悟り得てゐた事のやうな氣もするが、過去のレンズが曇つたまゝに此の世に生を享けて二十何年振り、其の日の新發見であることを是認せずにはゐられないのでもあつた。今でこそ、それを其の日の後に起つた出來事と結びつけて、卽ち謎とか、謎ではないものとの暗示として考へてゐるものゝ、實際は又慘めたらしい自分に對する心の鞭であつたのかも知れなかつた。

驛についた時日は旣に落ちてゐた。待つこと幾許もなくして空つぽの電車が緩やかに眺望を遮つた。偶然に目の前であいた最後の車輛の最後の扉《ドア》から入つて僕は向ひ側の右の席を占めた。他に二三人乘つたきりであつた。慌しく驛夫がプラットホームを走つてゐたが、やがて赤い腕章をつけた左の手があがると、殘された人の帽子を目深にオーバーの襟をたてた姿や、シ■

ールを口の端まで卷いた白い顔が拋物線を描いて一瞬に消えた。其處からは都會の屋根が靜に移動しはじめてゐた。それを見ると一日の輕い疲れがほつと吐く溜息になつたが、次の瞬間には習慣的にかくしに藏つた文庫を探つた。

コンクリートや化粧煉瓦の鋭どい角度が近づいては遠のき、すれすれに窓硝子に映る時は轟つと風の音をたてた。それらのある窓は明るく微笑み、ある窓は暗く惱みを潛めてゐた。羽搏くやうに掠めるのは黑い線である。固い活字に目が馴れるに從つて、朝の電車で區切をつけたまでの前後の筋書が甦り、ある種の感動にきれぎれの心が和められて來るくせに、時折窓外に目を走らす癖のある僕が見るのはさうした風景であつた。

材木にセメント色のペンキを塗つた次の驛を過ぎて電車は二つ目の驛に入つた。

と――絹をさく聲を合圖に赤いショールやソフトや角帽や山高帽子などが凄じい跫音と共に雪崩れて來た。俄かに方々から意味の聽取れぬ會話がはじまつて、坐席はまたゝく間に一杯になつた。腰かけられなかつた腹立たしさから、腰かけた者を若さにかけて蔑んでゐるやうな吊革組が僕の前にも立つた。今度の發車は長引いてゐた。その間に僕はふとたゞならぬ氣配を感じた。

胸から下半身にかけての身のこなしで、隣に坐つたのが女である事は分つてゐた。その時、眠りを醒されたやうに新しく奇異であつたのは、霧のやうに漂つて來る一條の冷氣であつた。それは隣の女がしきりと身じまいを正すたびにこちらに傳はつて來るものであつた。彼女の着物の周圍には冷えた絹の感觸があり、空氣は其處で昇華するかに思はれた。目だけを働かせてその場の彼女の樣子を眺めてゐた僕は、彼女が何故身じまいを正すのであるかを直ぐに覺り得た。彼女の占めた坐の感覺は恐らくよほど狹められてゐたのであらう。クッションに背を靠せかけると、どうしても着物の袖が僕のオーバーの袖に觸れるため、彼女はそれを氣にして再びもとの姿勢に還るのであつた。そして又袖を觸れずに背を靠せやうとする試みを繰返した。そのたび霧のやうに漂ふ冷氣が身にしみた。

「隨分叮嚀に嫌はれたものだな。同じ事を何回繰返すのだらう。」僕はさう思つても不思議と反撥が湧かないで、その都度姿勢を正す彼女の乳から下を見守つた。しかし、ほどなく發車のベルが鳴つて最初の動搖が傳はつた時、彼女の袖の一部が強く觸れ、次の瞬間注意深く均衡を保つてゐた姿勢は崩れてやはらかくねつた。

「おやおや、到頭諦めたのか。」僕は動き出すとほつとしたやうに不自然な取繕ひをやめて背中を靠れた彼女を見乍ら心の中に微笑を洩らした。もともとかうなることを疑はなかつたかのやうに、彼女は靜に呼吸《いき》をしはじめてゐた。僕も何故か安堵の胸を撫でおろして再び頁の上に目を移した。

　するとまた僕は一種異樣な不安に囚はれて忽ち視線を袖の方へ引戻された。文庫を擴げてやゝ肘をはつてゐる僕の片腕は、膝の上にきちんと指を組重ねて半圓を浮かしてゐる彼女の衣ものに、たゞ觸れてゐるのみであつたが、その腕が悚然《ぞつ》とするまで俄に冷透つた。オーバーも洋服もワイシャツも、その部分に限つて空洞《うつろ》で、彼女の袖と肩は呼吸《いき》をするごとに冷めたいきたかぜを通はせてゐた。背筋を傳はつて戰慄が流れ、彼女の袖に觸れた片手は沈んで亂れた脈を打つた。

「もう直きこの腕は凍つて了ふであらう。」

　持ちかへようとして戰きの傳つた文庫に目を据えて僕は思つた。搖れるごとに彼女の袖は肩の邊りにも觸れて來るのが分り次第に二の腕も冷透つた。

　電車は一段と高い所に出て、薄むらさきに日暮れた屋根の連りを下に見ながら薄明りの漂ふ中を走つてゐた。そして車內は一面水に見えた。あの騷がしかつた會話も最早や耳に入らないで、聞えるのはしーんとして水を打つ樣な軋轢のみとなつた。全ての人も內心の聲に聞入つてゐるやうに首を傾けて水の中にゐた。微かな衝動にも僕は飛上らないばかりであつた。近づけば近づくほど、彼女の衣ものは色も模様もぼうつと薄白く遠ざかつた。

次の驛に着くまでのものの二三分がいつもの十倍の長さに思はれた。その間幾度彼女の顔を見ようとしたか知れなかつた。けれども恐るべき早さで冷熱は首筋にも傳はつて了ひ、それと同時に果して此の手は離れるであらうかといふ不安の念に驅られて、次の驛に入つてから循環線に乘替るために立上るまで見る事が出來なかつた。立上つた時、摺違つた感覺が重い荷物を落したやうで、電車がごとんと止つた拍子に重心が外れた。その刹那、はじめて僕は彼女の乳の邊りから上を眺めた。

彼女を乘せた電車は次第にレールを狹めて小さくなり、江東の空の遠くの方でシグナルが赤になつた。

プラットホームに立つて、見えなくなるまで見送つてゐた僕は、今見たばかりの彼女の顔の輪郭を忘れて了つた。輪郭ばかりではない、目、鼻、口もとも思ひ出せなかつた。確に見た筈だが、彼女の顔は仄かな花の香りを殘してちらちら白い幻になつてゐた。――その後も僕はよく心を靜めて、彼女を思ひ出さうとつとめた。しかし、それは正月、いろは歌留多と共に遊ぶおかめの目鼻付けの遊戯に似て、空しい失敗の繰返しに心をかきむしられるばかりである。

「幻覺《ゆめ》ではないか。」僕はかうした現實を肯定しがたい氣持を持つてゐた。しかし、彼女の袖の觸つた片手は肩の附根まで振つてもたゝいてもしびれが通つてゐた。影のやうにつめたく行過ぎた女――彼女は僕の戀人ではなかつただらうか。

待つほどもなく乘替へた循環線で、僕はあの冷熱を思つた。そして憑かれたもののやうに混雜に紛れて自ら物色した女の傍らに立つた。けれども薄青いコオトを着た今度の女は人間の肌の暖かさを持つてゐた……。

「彼女に再び會ふのは何時であらう。或ひは永久に會へないであらうか。」

それ以來、總武線で歸る夕方、僕はそんな事を思つてゐる。彼女の記憶は何もない。それと知れるのは隣に坐る事だけである。彼女は何時かまた坐るであらう。それにしても僕はまた乘替へなければならないであらうか。

書評

池田克己

『今日の羊歯』尋常

最近、私は光彈性寫眞に依つて、フェノライトに現れた、華々爛漫の內力圖を見て、いたく驚きを覺えた。

　小野十三郎がひそかに己の內力圖を自覺し初めた時期に於て、われわれ血氣は、靜止の耐へ難い倦怠に惡罵した。（まことになつちやゐなかつたんだ。）

「人がそれを歷史と呼ぶところのものには、何かしら私をゾッとさせるものがある。追つたてられるやうに私は明日に向つて避難をこころみる。私の羊歯や鱗木や三葉虫に。私は性來好戰的だがただもう少ししづかさがほしいのだ。」

　この言葉の中には小野の高飛車な方法の謎が存在を示してゐる。

「世界には木も草も鳥も昆虫も存在しない。
完全な記憶喪失の中で
モリだとか　ノグチだとか
アユカワだとか
そんな名前をたくさんおぼえた。」
「工業の惡はまだ新しく
それはかれらの老ひ朽ちた夢よりもはるかに信ずるに足る壯大な不安だ。
私は見た。
どす黑い夕燒の中に立つて
もはや人間も鳥どもも棲めなくなつた世界は。
またいゝ。」
「見よ、赤錆びた葦を。
炭化する羊歯のやうに
この索寞とした原に
徐々に精神の同化を完了さしてゆく禾木科植物。」

經驗に身を任せることに小野の安堵はもたらされた。

すでに表現は、手ごめにした現實に、放縱を與へることにあつた。（今ごろ小野のフェノライトに現れた內力圖を反芻することは親切すぎる事だ。）

　こゝに小野の思想が、現實世界に垂らした强引な馳引の綱がある。

　正反合のいみじい不逞にひつそりと肉體を耐へた執拗に思ひ及ぼすことは、私のしつゝこさかも知れない。

　ことそれほど小野詩の志向は無殘な沈潜を經驗してきた。

　惡態の限りをつくすといふ言葉がある。「浪曲記」の中に「兜を脫げ！」といふ言葉がある。

　えぐたらしいばかりの小野の好戰の相である。

果して、
鐵やニッケル、硫酸、窒素、マグネシユームの「地平をかぎる强烈な陰影」の中に突きおとされたのは何者であるか。

　惡態の償ひのやうな
「機械はおそろしく發達して
地中にくゞり
見えない。

太古の羊齒のしづかさに
たちかへる。
やがて　いつか
そんな日が
或はやつて來ないとはかぎらない。」

こんな言葉さへ、不圖した小野の弱氣であるとけしかけたい私は、

馳引の綱にまんまとたぐりよせられた奴の、いやらしい表情を見たからだ。

「いろいろな風景を荒しつくした。
美は新しい秩序を索めるが
心理はまだそれに追つつかない。」
尋常を思はねばならない。
「羊齒の葉つぱや
鳥たちの純粹な飛翔のやうな
何か　おそろしくしづかな
杳い夢のやうなものも。
或は。」

われわれは躊躇なく、
荒しつくした風景に架せられた彼の橋を見とゞけるばかりだ。

「あすこへゆかう。
私は長生きして
きつとあすこへゆきつくつもりだ。」

その橋は人間共の住めないところに最短距離に引かれてゐる。

「未來はさらに
なかなか遠いのだ。」
夢に歴然たる位置を與へたこと。
「今日の羊齒」はも早明るい。
（山雅房刊「現代詩人集」第一卷）

友情の書『新しき詩論』

頃日、私は春山行夫著「新しき詩論」を座右の書としてゐる。

われわれがすでに、現代詩の中に入つてゐる發生的事實に對して、世界詩論の縱と横との紹介を示すこの書は、親切と呼ばれていい。

有體に云つてその樣な氣持で、私は此書を幾册かのものに紛れ、上海の內山で買つた。今、マラリヤ蚊の刺激に耐えて兵舍での半讀をたどるや、私は夜ふかし、すでにこの書に有體以上の興味を覺えた。

私はこの書の一讀を人にもすゝめたい。

その性急による片鱗毛觸は附記にすぎぬ。

附記(1)　この書が私に齎した魅力は、何よりも詩的思考の變遷の犀利な展開にある。

これによつて、例へばアリストテレスからヴァレリイに至る詩學の流動における客觀から、文化の發展が、どのやうな時期にも示す近視的反動の遺骸を見る。この遺骸に眼をそそぐことは、今日人に明日の「詩學」のヒントを與へる。向後の發展にかゝる問題提出の史的訓練を敎へる。

又今日の日本の詩を模型化する冷靜にまで至らしめる。

附記(2)　單に博識といふものゝみではなし得ない精神史の飜譯を果して成したこの書はいはゞ萬國共通文字の如き意義を持つてゐる「私は偉大な詩人にならうとしてこの道を選んだのでは勿論ない。私は詩人が本能に導かれる以外に、批評家として進むべき道々そこに發見したからである。」と著者はその序文で述べてゐるが、著者が非人情に、自己の位置を規定したるところによつて可能たらしめられたこの書の意義の有益に乘じ、詩人たるわれわれがむしろ著者の言葉を一元化することによつて、詩の今日的發展を望まねばならぬと思ふ。

私の極めて自己流を汲みとらせる、謙讓と豐富を持つこの書を私は友情の書と名づける所以である。

「私はこの仕事が、詩人として私の存在以外のなにものにも報いてくれないことを知つて敢てこの仕事を世に捧げる。」と著者もすでに述べてゐる。

附記(3)　この書は日本の詩學派に詩を、自然發生的詩人に時間を敎へる。（第一書房刊）

文化再出發の會について

この會合は政治運動及び政治運動の一部分を目標とするものでありません。むしろ白紙にかへつて、民族の生活の根柢たるべき文化を批判檢討し、そこからあらゆる運動への、時代の動向への關聯を持たせたいと思ふのであります。こゝでは、文化は自主的であり、科學的追及に堪へるものであり、それだけを對象としてもそれだけを切離しても、尚且つ當面の重大問題たるべき種類のものでなくてはなりません。

わが國の文學及び藝術が、その社會性に於て缺くるところがあつたとの非難は、自他共に許すところのもので、さうした過去が連綿として續いてきたのであります。そして、幾多の新しい運動は、その未熟さに於て蹉跌し、生活の推進力となるだけの傳統をつくらなかつたのであります。そして、今日、文學及び藝術、廣汎な意味での文化全體を、他動的に、人爲的に、左右するといふことは當を得ないのであります。そしてそれは不可能な事であり、實績のあがるものでもありません。だが、それはそのまゝではあり得ないもの、停止を許されないものであります。文化再出發の企ては、實に生活の眞髓に於て、何か明朗ならざるもの、希望を阻止するもの、さうしたものを爆撃し、東亞の有機的未來に向つて、共同の智嚢をしぼらんとするものであります。文化再出發は、マネキン主義、機械主義から、東亞を絶縁する意味に於て、その使命をあらゆる運動中の運動たらしめたいと思ひます。